疼痛吧
指頭

給我的孤獨症孩子

普玄 著

昌明文化

疼痛吧指頭

第一部分

一

　　春節前的某個日子，我從省城武漢開車朝漢水中游湖北
穀城縣的一個叫紫金的地方趕。我開過董永和七仙女戀愛過
的孝感市，開過我們的祖先神農氏的故里隨州市，開過諸葛
亮隱居過的古戰場襄陽市，沿著漢水中游的一條支流一直開
到這個隱藏在樹木和岩土間的山區小鎮。我看見了兒子。

　　我的兒子坐在冬天下午灰白的陽光下面，坐在一個烏黃
的木椅子上，正在玩他的指頭。

二

　　四周沒有一個人。風從街道上面白而硬的水泥地上吹過
來，街道兩邊住的人都縮回屋子裡烤地爐去了，路兩邊是經
過改造美化的仿古青磚建築，卻散發著白光。太陽有點灰白。
這條街道盡頭的一戶人家，一面仿古青磚牆外面，放著一把

烏黃色木椅子，上面坐著我的兒子。他穿著黑色上衣，帶白線條的運動褲，一雙藍色夾著白邊的球鞋。

我的兒子對著冬天灰白的太陽在玩他的指頭。

這個不會說話的孩子十幾年來一直和他的指頭過不去，他的指頭上全是他自己撕咬的疤痕，他一著急一發怒就開始咬指頭。他內心有一股火。這股火被深深地埋在地層裡，埋在胸膛深處，發不出來。這股火就是語言，就是聲音。就是說話。這個對普通孩子來說極其自然、極其本能、極其簡單的事，在他這裡卻成了天大的難題，成了深埋在地殼裡面的黑色礦石。

我記得他十二歲在省城武漢的時候，有一天他的病發作了，夜裡突然大哭，咬自己的指頭。他用牙齒把右手拇指和食指之間的皮肉咬爛了，手上和嘴唇上全是血。

我被他的哭聲驚醒了，開了燈，看見他嘴唇上和手上的血，看見他淚眼汪汪。

你怎麼了？我問他。

他當然回答不了。他不會說話。但是他看著我的那個樣子，好像他會說話。所有見過他的人，親戚，朋友，鄰居，醫生，培訓學校的老師們，沒有人相信他不會說話。他長著白皮膚，高額頭，有一雙明亮的大眼睛。這樣的孩子怎麼就不會說話呢？

我也想不明白。

我在燈下望著我淚眼汪汪的兒子，他也望著我。我知道他心裡焦急，心裡有一股火，這股火發不出來，在他胸膛裡燃燒。

我們的語言，說話，是心的通道，是火的通道。這是我從兒子身上明白的。中醫說心屬火，在五行中，火在胸膛的中心，火主夏天，屬南方，在我們身體的深處。我們的身體裡有一個巨大的火焰庫，需要我們每天通過說話一點一點往外面釋放。

你想說話是不是？我望著燈下的兒子問。

他回答不了，他看著那根帶血的指頭發呆，我也看著那根指頭發呆。

那根指頭被他咬了十幾年了。今年他十七歲，他每年都會咬，每個月都會咬。某一天他會不咬，也有可能連續幾天不咬，但是說不定哪一天，他會突然咬起來。

紫金小鎮就在眼前，冬天的風從仿古青磚的牆面上吹過來，從水泥地面上吹過來。風很硬。我兒子坐在牆邊烏黃色的椅子上玩指頭，他頭上的連衣帽被硬風打歪了。

他玩指頭的樣子讓我很緊張，我害怕他又和指頭過不去，我的車停在離他很近的地方。我看著他。他看著他的指頭。他只是發呆，並沒有咬下去。

我在車裡一直坐著看他發呆，淚流滿面。

三

我突然憤怒起來。

我憤怒的原因是我兒子寄養的這一家屋裡居然沒有人，他們的門半掩著，堂屋和後面的廚房都空空蕩蕩。他們就這麼把一個不會說話的孩子一個人放在外面嗎？萬一丟了怎麼辦？

我拉著我兒子的手在街上憤怒地走動，我來的時候沒有像以前一樣給寄養的這家人打電話。我突然來了，我看到的就是真相，就是他平時的真實狀態。我兒子一個人坐在街頭，一條街就他一個人。他如果撒開腿跑怎麼辦？他如果跑丟了怎麼辦？

他不會說話，卻會跑，他跑起來很快，跑起來沒有方向和目標，所以很容易跑丟。

他在省城武漢曾經跑丟過兩次，兩次都引起軒然大波，驚動了警察、報紙電視、公交司機和無數市民，驚動了一個上千萬人口的城市。

一個不會說話的孩子丟了，怎麼找呢？

他不知道爸爸媽媽的名字，不知道電話，不知道地址，不知道公交線路⋯⋯他不知道這個世界。他在這個世界上奔跑，上車下車，走路看人，好像是看一個奇怪的星球。後來

6

他在這個世界上奔跑，上車下車，走路看人，好像是看一個奇怪的星球

我看到有人寫書，說得這種病的孩子來自另外一個星球，稱他們為「星星的孩子」。那麼，我兒子丟失的時候，他是脫離了看護的外星人在看我們這個星球嗎？在他眼中，我們也是外星人嗎？

我兒子第一次丟了四天。

當時我的母親──孩子的奶奶在帶他。記得那年他十歲，是一個週末的陰天的上午。我和當大學老師的弟弟接到孩子丟失的信息從不同的地方趕到現場的時候，孩子的奶奶已經嚇傻了。她只會說一句：我正在給他買早餐，我自己沒吃先讓他吃。她反反覆覆說這一句話，生怕我們怪罪她。

我們沒有怪罪她，但是她一直在自責。在接下來尋找孩子的幾天裡，孩子的奶奶一直不吃飯，在屋子裡枯坐。我們給她買了一些零食，但她吃不下。她一直在屋子裡坐著，等著孩子的消息。

丟了孩子的人的內心是枯焦的，看這個世界的一切也都是枯焦的。太陽是枯焦的，高樓是枯焦的，城市的水泥地是枯焦的，城市的汽車和人也是枯焦的。只差一把火，一把火能把自己點著，也能把面前的城市點著。

一個尋找孩子的人也是這麼枯焦的：跑路、接電話、尋找信息和發呆看天空。

丟了孩子的人一開始大都瘋狂地在周邊找。周邊的社區，周邊的商場，周邊的車站。一般三兩個小時之後，都跑

不動了，氣喘吁吁，汗流浹背。但是必須跑，一刻也不敢停。一開始還有方向，後來沒有方向了。一開始還有汗，後來沒有汗了。身上的汗濕了又乾，乾了又濕。等你跑不動了，身上的汗跑不出來了，身上的水分跑枯竭了，天上的太陽還在那裡晃著，那個時候你會發覺自己是枯焦的，是一具行屍走肉，是一段一點就能著火的木頭。

最興奮和最恐懼的是電話響。

丟了孩子之後，我們在報紙上登了「尋人啟事」，在公交車站的廣告牌和馬路邊的建築物上，四處張貼「尋人啟事」。在「尋人啟事」裡，我們對提供準確信息的人懸賞一萬元。「尋人啟事」上登著我和我母親我弟弟的電話。

於是我們的電話一直響。我們用本子登記各種關於孩子的信息。

我們聽說在郊外有一個孩子正在垃圾堆旁邊撿東西吃，我們立即趕過去，垃圾堆邊上撿東西吃的孩子早已經走了；我們聽說大橋頭江邊公園有一個無人認領的孩子，我們趕過去，沒有見到；我們聽說在夜間的銀行門口倒著一個孩子，我們又趕過去。

在銀行門口倒著的孩子長得有幾分像，但他不是我家的孩子。我問他話，他咿咿呀呀，說不出來。

他可能是一個啞巴，或者是智障孩子。他渾身是泥，骯髒不堪。

我和弟弟離開了一段之後，我們又跑回去，有一種東西拉著我們朝回趕。這孩子畢竟和我的兒子有幾分像。

　　你叫什麼名字？

　　你家住在哪裡？

　　你爸爸媽媽叫什麼名字？

　　我得不到回答。他只瞪著眼看我。

　　夜裡有點冷。季節是深秋了，枯黃的樹葉從半空中飛過來，地上有嘩啦嘩啦的聲音。我想找一個東西蓋在他身上，我找來找去，周圍沒有任何一個可以取暖的東西。

　　他臥在銀行門口的水泥地上，四周除了水泥還是水泥。

　　離開這孩子很久以後，我一直很難受。我想到我的孩子。他也不會說話，他也不知道自己的名字，他也不知道家住哪裡，他也不知道父母叫什麼。

　　那麼，他是不是也臥在這個城市某個角落的一塊水泥地上？

　　他是不是也在深秋季節的深夜裡縮著發抖？

　　那麼，我的兒子在挨餓受凍，我有資格吃飯睡覺嗎？我必須陪著他。我也不睡覺，我也不吃飯，不，我還不喝水。我堅持找。但是，像武漢這樣一個有著千萬人口的省城，落實一個電話信息，如果在郊區，即使你打出租車，來回也需要兩三個小時。

　　那就熬著找吧。

　　丟孩子的人就是這麼一點一點枯焦的。一個電話來，興奮，失望，又一個電話來，興奮，失望。一個電話來了，一個短信來了，孩子？男孩女孩？多高？在哪裡？長什麼樣子？眼睛多大？穿什麼衣服？

　　對了，指頭，最關鍵的，指頭被咬過沒有？

　　這是一個重要特徵。

　　實在撐不住了。

　　我坐在公交車上睡著了。這輛開往郊區的公交車那天夜裡只有我一個人，我沿路朝每個站點看，看著看著坐在椅子上睡著了。

　　我坐在街邊的電話亭給手機充電，電池打到沒有電了，換一塊電池，再換一塊。不能斷了信息。我在充電的時候，靠在電話亭上睡著了。

　　我坐在水泥墩上看夕陽。我看夕陽從來沒有這麼認真，夕陽是按秒一滴一嗒的，夕陽是一寸一寸地下沉的。你看著它下沉，你毫無辦法。

　　那幾天我最恨夕陽下沉。夕陽一下沉，黑夜就來臨。我的兒子就要離開陽光，陷入到黑暗之中。陷入到恐懼之中。他看不到我，我也看不到他。

　　讓我枯焦的還有另外一些人。

　　「孩子在我手裡，你打一萬塊錢過來！」

　　這是一條敲詐短信。

這條短信讓我起疑，我沒有相信。但是它也讓我心裡發癢，更讓我發疼。敲詐者描述的孩子形象完全是按照「尋人啟事」上來的，讓我不相信，但是又特別相信。

　　我提出要先見到孩子。不見到孩子怎麼能付錢？但對方不同意，對方說看到孩子後我不付錢怎麼辦？我提出把錢給一個中間人或者公信力機構，對方也不同意。

　　這樣的短信有好幾起。那時候沒有微信，無法直接看，我和幾個騙子短信來短信去，前後幾個小時。都是在一個細節上露出破綻的——指頭。

　　我讓他們描述孩子的指頭。

　　指頭有什麼奇怪呢？指頭還在啊。一個騙子。

　　指頭很好，白白嫩嫩的。又一個騙子。

　　指頭很短。

　　指頭長？

　　指頭胖？指頭瘦？指頭粗？指頭細？

　　這是我孩子的特徵。他的指頭已經傷痕累累，已經面目全非，這是「尋人啟事」上沒有說的一個特徵。

　　　　　　　　　　四

　　在漢水中游這個叫紫金的山區小鎮，在這個冬天的下午，我領著孩子在街上走，從我走路的步伐和速度可以看出

我的憤怒。我去找我兒子寄養的這一家的男主人和女主人，我問問他們憑什麼把孩子一個人扔在街頭！

我牽著孩子的手，他的指頭在我的掌心裡，粗糙堅硬，像街面上青色仿古的磚塊。他多年來一發急就咬指頭，咬破了又好，好了又咬破，一層一層傷痕疊加，已經認不出新舊傷痕的印記。他咬手的時候瞪著眼睛，淚眼汪汪，身邊的人毫無辦法。如果有人攔他不讓他咬，他就會用頭撞牆，撞人，或者撞擊他身邊的硬物，譬如桌子角或椅子角。所以瞭解他的人不去攔他，由著他去咬他的指頭。

他咬指頭的時候我們無法控制，束手無策。只有眼睜睜地看著他咬，看著他把胸中的那股火發洩掉。

我有次攔他咬手，攔他不住，他一下子咬住我的指頭。他咬人不知道鬆口，我的指頭都要被他咬斷了，周圍的人大聲喊他，他聽不明白。

他鬆口的時候，我疼得蹲在地上，很久很久起不來。

也不想起來。

這是你爸爸，爸爸，旁邊的人說他，爸爸能那麼咬嗎？

他一臉無辜，淚眼汪汪的樣子。

他如果知道這是爸爸，故意咬爸爸，我倒高興了，問題是他不明白。他不明白他咬的是誰的指頭。是親人還是仇人？他沒有這個概念。他知不知道他咬的是指頭？

他知道指頭和一塊木頭一塊鐵的區別嗎？

天知道。

被他咬的那天，我長久地蹲在地上，一直不想起來。很久很久我才明白一個不得不接受的殘酷現實，這輩子別奢望他上大學，做生意，當官發財。也別奢望他開口說話，生活自理，成家有女人。第一步首先得讓他認識我，認識爸爸，讓他知道爸爸和一般人是有區別的。爸爸是不能咬的，爸爸是他的親人。

現在，這個冬天裡，他長到十七歲，這個目標已經實現了，無論他在哪個地方，只要我一出現，他就會把手伸過來，牽著我。在我的示意下，會在我臉上親一下。分別的時候，他的手會在空中揮舞，他會說再見。

更重要的是，他會跟著人學著開口說話，說到五字句。

比如：爸爸，二字句。

早上好！三字句。

爸爸你好，四字句。

爸爸早上好，五字句。

五個字是極限，再多一個字他就無法連貫在一起了。

五字句還要訓練，還不是很連貫，還有些模糊和氣聲。

可惜，這能夠說的五字句，不是他自己從心裡和嘴裡發出來的，是跟著旁邊教他的人學著說的。

如果是他自己發出來的語音，自己的意思，那該多好啊！

那是不是離主動開口說話又近了一步呢？

他會吃飯，會夾菜，但不會吃魚；

他會上廁所，但不會主動擦屁股；

他會洗澡，但不會自己擦乾，往往濕漉著身子就開始穿衣服；

他會穿鞋子，但不會繫鞋帶；

他會吃餅乾零食，但是不會撕開餅乾盒子或者零食包裝，他只會用牙齒把包裝咬開。

……

我帶著孩子在山區小鎮紫金的街上走著走著，我的步伐逐漸慢下來。

孩子寄養的這一家男主人姓黃，是鎮上醫院裡的中醫，現在還在上班；女主人呢？應該忙其他事去了。我這麼怒氣沖沖找到他們，我想幹什麼？我能幹什麼？

我要訓斥他們嗎？

我要把孩子領走嗎？

五

這是最後的辦法了。

這話是我對自己說的，也是對兒子說的。孩子長到十六歲的時候，我已經用盡了所有的辦法。我給他換過十幾個西醫，四個中醫，換過十幾個專職培訓他的教師，拜過一個道

教師父，做過十幾場法事。似乎所有的辦法都用完了。我不知道該怎麼辦的時候，我的母親──孩子的奶奶說，怎麼不到山裡找一下黃醫生？

找黃醫生，寄養在一個有名的中醫家裡，這似乎是最後的辦法了。

黃醫生就是我拉著兒子要去找他討說法的鎮醫院老中醫，他長著一副古怪的相貌，頭髮灰白稀少，抽煙喝酒，和鎮上的婦女開粗俗玩笑，從外表上看不出他有一身絕活。

兩年前我母親得了病，幾十天發低燒，住了幾十天醫院，後來眼看不行了。襄陽市最好的醫院──襄陽市中心醫院拒絕她再住院。從醫院回家後她在床上躺了三十四天，不吃飯不喝水不排便。我的姐姐已經把母親的壽衣和壽鞋都準備好了。但是最後黃醫生出現了。我母親又活了幾年不說，現在還能上街買菜，還能搭車到另外一個鄉鎮去尋訪幾十年的老朋友。

可見黃醫生是一個神醫。

在我老家漢水中游這個神農曾經種植過五穀的穀城縣，特別是在通往十堰房縣山區方向的紫金鎮，黃醫生有著很多神奇的傳說。隨便舉個例子，縣城有一個校長的岳父得了種怪病，俗名叫陰斑，也是在幾家大城市大醫院治不好，整天發燒，輾轉找到黃醫生，黃醫生把他治好了。黃醫生治好這個病的過程充滿傳奇性，他用了兩隻公雞。兩隻公雞怎麼治？

夜間丑時，兩隻公雞被殺死剖開後鮮血淋淋地覆蓋在患者胸脯上，兩個小時後患者甦醒了，又服了一個星期湯藥，好了。

這麼說來這個長相古怪頭髮灰白的黃醫生似乎有些神秘醫術，似乎有些神奇的力量。我母親就是我們親自見證的病例。我母親被他確診為罕見的骨蒸病，這個大醫院無法確診無法治療的病在他手裡只用了十幾副中草藥，並且都很便宜，這說明像黃醫生這樣的中醫確實厲害。

我第一次把兒子帶到黃醫生面前是一年前的春節前，當時他十六歲。那天天氣陰沉，眼看著大雪將至，彤雲密布，天空搖擺欲墜。

那天下午，相貌古怪頭髮灰白的黃醫生滋著紙煙給我兒子把脈。孩子的發育很成問題，他已經十六歲，但是從外形看只有十一二歲，單薄，蒼白，瘦小。患孤獨症的孩子我見過上百個，大多形體單薄，身體瘦弱，看上去比實際年齡要小。

黃醫生給孩子把脈把了很久，他滋完一支紙煙又滋一支紙煙。我的心在他把脈的指頭上，在他夾紙煙的指頭上，一直懸著。

我的心這麼懸了十幾年了。

孩子一歲多的時候不會說話，我們還不在意，到兩歲還不會說話，就奇怪了。這個長著高額頭大眼睛人見人愛的孩子怎麼回事？他會笑，一笑一口白牙。他會哭，哭的時候有

淚水。他的聽力肯定沒有問題。他在臥室裡玩，一聽到客廳裡電視裡面廣告聲，立即衝過來，對著電視大喊大叫。一個聽力好會哭會笑的孩子可能不會說話嗎？

後來我們才明白，正是這些假像矇騙著我們，讓我們陷進生活的泥淖中，越陷越深。

兩歲以後孩子還不會說話，我們沉不住氣了。我們到當時住地附近的武漢市東西湖區醫院，我們的一顆心開始懸著了。醫生聽一下耳朵，撬開嘴巴看一下舌苔，不明白原因。我們到市區有名的同濟醫院，也查不出原因。

我那個在省中醫藥大學當老師的弟弟通過關係找到省婦幼保健醫院的一個專家，專家專門用了一上午給孩子做聽力測試。這次聽力測試讓我們更加確信孩子在聽力方面沒有問題。

會不會是聾子？這是我們一開始懸在心裡的一個問題。

湖北省婦幼保健醫院的專家給我講了半天關於巴甫洛夫的聽力與大腦信號反應理論，我聽得懵懂。後來他把我帶到他那個寬大的實驗室。他讓孩子在他指定的範圍內按他指定的路線跑，然後他在孩子身後打開一個聲波儀器。

突然出現的聲音把孩子驚住了，他突然蹲在地上。

過了一會兒，孩子慢慢站起來扭頭朝後看，後面什麼也沒有。他正在發愣的時候，又一個波段的聲音響起來，他再次警覺地蹲在地上，他有點遲疑，想蹲下去又想回頭張望。

這一次已經沒有原來那麼驚嚇了。

專家告訴我們：孩子聽力沒有問題。

我們懸著的心放下來了一半之後，又提到了嗓門。聽力沒有問題，那是什麼問題呢？沒有問題，一個好端端的孩子為什麼不會說話呢？

我們接著去口腔科咽喉科。我們換了一個又一個醫院。那些醫生都是治會說話的人的問題，面對不會說話的孩子，他們要麼說不是這個科室，要麼完全不明白。

終於一個醫院有一個老醫生挑開孩子的舌頭，研究了一下舌頭和口腔的聯結處，說孩子發音沒問題。

聽力沒問題，發音沒問題，哪裡出了問題呢？

後來我在孤獨症培訓中心講課，和患孤獨症孩子的家長們聊天，發現大多數家長和我一樣，在發病最初的時候無法確診，錯過了最佳治療時間。

在我們這個國家，出生干預和早期病情監測還是很大一個問題。在生育學普及方面，很多家長，甚至很多醫生，都不明白孤獨症早期的表現，甚至根本沒有聽說過孤獨症這種病。

我清楚地記得確診那一天，孩子即將三歲的一個上午。武漢市兒童醫院一位姓楊的男大夫給他看病。

在做了核磁共振，觀察孩子，綜合分析之後，楊醫生準備寫病歷。

孩子是不是喜歡看廣告？他問。

是，我們說。

孩子是不是……

我沒有聽清他在說什麼了，因為我看見他在病歷上寫了幾個大字：

孤獨症。終身疾患。

這幾個字讓我從頭頂一下子涼到腳跟。

我像被電擊了一樣。

很長很長時間裡，我回不過神。我的頭上滲出一層細細的薄汗。我看到醫生和周圍的人在說話，我只看見他們在張嘴，卻聽不到他們在說什麼。世界一下子沒有聲音了，成了一個眾人張嘴的無聲世界。

六

在確診之前我們就開始查資料，做各種分析，我們在那個時候知道了孤獨症這種病，知道這種病還叫自閉症。得了這種病的孩子一輩子治不好。我們四處求醫確診的過程中，一直暗自祈禱，不要碰上這種病，沒想到這顆石頭最終還是不偏不倚地砸在我們頭上。

孩子的媽媽坐在醫院大廳的藍椅子上起不來了，很久很久地縮在一張椅子上沉默。

不過我們當時只知道這種病會影響說話，還不知道它有多頑固，它會影響我們十幾年，甚至後面更長的人生。

一切都因此而改變。

我們本來朝前跑著，看得見前面的路徑、目標和方向，現在突然出現了一條岔路，我們走在這條岔路上，前面是什麼？我們不知道。

接受自己的孩子患有重症，患有終身疾患，接受自己的孩子一生會是一個殘疾，是一個很痛苦很漫長的過程。特別是精神疾患。如果一個孩子肢體殘疾，那很明顯，但是精神疾患特別是近些年才大量出現的這種精神疾患，接受起來的確要一個過程。我和孩子的媽媽多次徹夜不眠。每次我們都在否定醫生的診斷中自欺欺人地恢復了生活的勇氣。

這個醫生肯定搞錯了，這麼漂亮的孩子怎麼會是孤獨症呢？

一看就是個蠢醫生！

我們的孩子只是晚發育！

對，晚發育，很快就會說話！

我們四處收集一些民間信息來欺騙自己。譬如誰家孩子到八歲才說話，又有誰家的孩子到了十二歲突然開口說了話。譬如大科學家愛因斯坦四歲才會說話，七歲才會寫字，醫生說愛因斯坦沒有病，只是發育慢，說話晚等等。

在我們老家，流傳著「門栓娃」的說法，說的是有一類

孩子，打小不會說話，但是長到門栓那麼高的時候，突然會開口說話了。

這些信息和傳說溫暖麻醉著我們的心靈。

但是我們都明白，這個病是確確實實存在著的，它就像黑夜每天都會來臨一樣，真實，準確。

從三歲多確診後開始治療，到現在住在漢水中游的山區小鎮相貌古怪頭髮稀少灰白的黃醫生家裡治療，這個病已經治了十幾年了。

後面不知道還要多少年。

對了，我的兒子會騎自行車，會單手掌車把。他還會踩滑板，會用一根指頭轉動圓球。他甚至會用一根指頭去轉動木尺，轉動一根木棍。只要是一個直的或者圓的物件到他面前，他很快能找到平衡點，用一根指頭轉動起來。

他學會騎自行車是他寄養在鄂西土家族長陽縣虞老師家裡的時候，他學會轉動圓球是他在武漢啟慧學校培訓的時候。

孩子學會一樣技能的興奮是無法形容的。在土家族長陽縣，在清江邊，剛學會騎車的兒子騎著車給我表演，展示給我看。清江邊的馬路上到處都是他咯咯的笑聲。轉動圓球和踩滑板學會以後，六一兒童節學校舉辦活動還讓他上臺表演了，他一開始很緊張，後來很快適應了。他像魔術大師那樣轉動圓球，然後踩著滑板在教室裡四處飛旋。

他博得了滿堂喝彩。

這樣的日子是我最高興的時候。

但是他不會說話。

他的感統訓練老師告訴我，他在平衡能力上還可以更厲害，但是這種能力和開口說話沒有關係。語言說話是一個系統，動作行為是一個系統。

這只能讓我們這些家長——外行——將信將疑。我們只知道那些會說話的人會行動的人，似乎幾個系統都是統一的。

我們要繼續治療下去，我們的心就還要繼續懸著。

七

冬天下午的紫金鎮冷清安靜。我拉著孩子走過一條街，街上空空蕩蕩。這個鎮位於武漢和十堰房山朝西安方向的老省道邊上。在高速公路開通之前，這條老省道是一條瀝青路主幹道，穿過山區，繞過很多小鎮，帶來沿路小鎮的繁華。高速公路通車之後，小鎮變得冷清。這個因紫荊樹密集而得名的小鎮，雖然擁有二十七個村，三百七十四平方公里的面積，但是只有兩萬多人口。這兩萬多人口，現在大多數年輕人都離家外出，到山外的穀城、襄陽、武漢和南方的廣州、深圳去打工，他們離開家鄉的時候帶上山裡的香菇木耳一類的山貨，逢年過節回來的時候帶上南來北往的衣物和各地的

方言見識，在山裡面賭博耍錢。深山裡面的鄉風民俗正在發生著深刻的變化。

大部分人生活在村子裡，真正在鎮街上生活的人很少，不到五千人。這個地方鄉風曾經好到什麼程度？隨便說個例子。縣裡面有一個幹部到一個村子裡檢查工作，村子裡當時準備打一隻獾子給幹部吃，但是獾子那天跑掉了，後來那家村民追了一個星期，打死了那只獾子，送到縣城給那位檢查工作的幹部。

這樣的例子比比皆是。

有一回鎮上幹部下村，中午趕到一戶人家吃飯，因為沒有提前安排，村民措手不及。他急切尋找不到滿意的菜，只有去抓溪魚，急切中抓不到溪魚，就從家裡拖出一支大錘。他用大錘使勁砸溪上的石頭，把藏在石縫裡的小魚震暈，最終收拾了一碗菜給鎮上的幹部吃。

傳說這個鎮一個村有兩個農民吵架，吵著吵著，一個農民說，你有什麼了不起，縣裡的張同志在我家吃過飯。另一戶人家一下子啞口無言，半天才說，縣裡的李同志說了，下回到我家吃飯。這個傳說我一開始不信，但縣裡的一個幹部當面對我發誓，說這個傳說絕對真有其事。

這樣一個安靜的山區小鎮，對孤獨症到底有沒有好處？這是我一直在觀察和思考的問題。一個患有孤獨症的孩子，應該到什麼樣的環境？應該到一個人很多的地方，由眾多的

見識，眾多的人把他內心的話語牽引出來，還是應該到一個安靜的地方，滋養心神？我問過很多醫生，他們也回答不了這個問題。

兩年前我把孩子帶來，除了黃醫生的醫術和名聲，環境也是一個方面的原因。在治療孤獨症的兩味中藥中，有一味中藥叫麝香。麝是一種難尋的動物，在秦巴山脈武當山系中，原來是有的。紫金鎮這一帶，把麝稱作猹子。每年秋天裡開始，就有獵人去山裡面去尋找猹子，主要是為了猹子身上的麝香。

麝香是讓孤獨症孩子醒腦開竅的良藥之一。這麼多年，我看過很多中醫給我孩子開的藥方，大多都有麝香和菖蒲兩味藥，我就放在心上了。

但是這個鎮的山裡面已經沒有猹子了，猹子已經被獵人們用電網打光了。鎮上中藥鋪裡的麝香，也都是人工加工合成的了。

合成的，連中藥都是合成的，這樣的藥煎熬出來的力量能夠開一個孩子的腦竅嗎？

但是這是沒辦法的事。不單單這個紫金鎮，再朝山裡面的千里房縣，武當，再朝山裡走神農架，那山該大吧，也沒有猹子了，被電網打光了。城裡人的胃口和科技力量正在以不可思議的速度包圍著深入著深山的肌膚和內裡。城裡人要喝高品位的紅茶，一大片一大片的茶園起來了。南方福建的

紅茶種子紅茶師傅被請到這裡，培植和炒製；城裡的餐館要吃香菇和木耳，山裡大批的花梨樹被砍倒，砍成整整齊齊的樣子，架在山民的房屋後面和岩石坡下面，養殖著香菇和木耳。

紫金鎮山裡面有兩條溪水，分別叫南河，北河，它們以極其謙卑的姿態把水貢獻給下游的南河，再由南河貢獻給漢水，由漢水貢獻給長江。這個鎮上的商店裡已經有礦泉水賣，但是當地人基本不會買，他們大多不明白一瓶普通的水為什麼要裝在塑料瓶裡賣幾塊錢。鎮上的水是潔淨的，菜和肉是在樹林和山坡上由陽光和土地相互滋養的。這樣的環境，我相信對孩子開口說話是有好處的。

孤獨症，又叫作「自閉症譜系障礙」（Autism Spectrum Disorder, ASD）。叫它譜系障礙，是因為自閉症譜系障礙的孩子差異性非常大，像一個光譜似的，從輕到重分布著。但大體上孩子們都會或多或少地出現社交溝通障礙、興趣或活動範圍狹窄以及重複刻板行為。根據二〇一五年的最新監測，目前全世界共有孤獨症患者六千七百萬，占總人口的千分之九點四。二〇一六年，美國國家衛生統計中心發布的報告顯示，三至十七歲兒童孤獨症發生率估計達到了四十五分之一。我國以百分之一保守估計，十三億人口中，至少有超過一千萬的孤獨症人群、二百萬的孤獨症兒童，並以每年近二十萬的速度增長。

我的父母，孩子的爺爺奶奶沒有聽說過孤獨症，在他們生活了幾十年的環境裡，有各種肢體或者傷殘類兒童，比如手腳傷殘，或者因打針吃藥失誤造成的聾啞，再有一類，就是生下來就有毛病，外表就長著怪異樣子的傻子。像我兒子這種長得和正常一樣的病孩子，他們還沒有遇到過。

在我的成長過程中，也沒有聽說過這種病。我的同學，朋友，熟人，他們的家裡我也聽說過殘疾人，但還沒有這個類型。也就是我的孩子被確診後這十幾年時間裡，我才開始大量地聽說哪些孩子又得了這種病。孤獨症每年以不可思議的速度在增長。

為什麼會增長這麼快？我不止一次地和一些醫學專家探討這個問題。

很多原來沒有聽說過或者很少聽說過的病正在以不可思議的速度進入和包圍著我們的生活，原來很少出現的一些重症，也大面積出現，並且患者越來越年輕化。

我們現在聽說二十多歲的人得癌症，已經不稀奇了。

我們現在聽說個十幾歲的孩子中風，已經不吃驚了。

這是我們的環境造成的嗎？

在鄂西北紫金這個山區小鎮，有幾十種鳥，比較多的種類有野雞、喜鵲、八哥、麻雀、大山雀、啄木鳥、鵪鶉、山斑鳩、家燕、大雁等，其中有幾種特別的，叫聲特別好叫，一種叫八哥，一種叫鷹子，八哥飛翔的時候黑色身體裡夾著

白色斑翅，在藍天和山林中閃著光芒，特別喜歡在夕陽下鳴叫。我的孩子喜歡八哥。他經常追著八哥在街角跑動。

他希望他像鳥一樣飛起來，希望他像鳥一樣，發出好聽的聲音來。

八

黃醫生給孩子把脈把了很久，我的心就這麼一直懸著。

他說了一些中醫專業術語，大抵是說孩子的病主要在肝氣上，肝氣不足，影響了心竅，心竅不開，所以說不了話。

那麼，說話不是口腔的問題，不是嗓門的問題，是大腦的問題，更準確的說法，是心的問題。

早五年來治會好一點，他說，有點遲了。

我們早就知道有點遲了。

孩子三四歲的時候，孩子的爺爺提醒過我。孩子的爺爺在老家當過幾十年的鄉村小學校長，他知道上學對一個孩子意味著什麼，他在孩子六七歲時再次提醒我，他認為特別是六七歲，學齡這個坎，對孩子的治療是最寶貴的時間，如果遲了，就會影響孩子說話，甚至影響終身。

我當然知道這個重要性。

但是我的孩子七歲還說不了話，第一個坎過去了。

孩子十歲的時候，有人告訴我，十二歲，這是治療孩子

的最後期限。因為十二歲為一齡，也就是十二生肖屬相的一個輪迴。按農村民俗的說法，「門栓娃」就是這個年齡。十二歲差不多和門栓一樣高，再遲再晚也該開口了。十二歲是個重要的坎。

我心裡明白這個坎的重要性。

十二歲他不能說話，這個坎又過去了。

希望越來越小。

我時常想起我小時候在鄂西北漢水邊的村子裡讀書的場景。那個時候那個叫常家營的村子還沒有通電，我們每天晚上讀書都點煤油燈或者燒一串桐子。在很多個夜裡，村民們都早早睡了，但是我們家的油燈或桐子始終亮著，燈光很微弱，但是燈下卻永遠有幾個勤奮學習的孩子。那就是希望，那一盞油燈和無數個桐子照耀著我們兄弟步步升學，進入城市。

現在，這個燈在哪裡呢？

我一直在尋找它。

我不會放棄。儘管孩子已經超過十二歲了，希望越來越小了。

十五歲的時候，一位懂中醫《黃帝內經》的朋友告訴我，十六歲應該是最後的機會，因為《黃帝內經》上說，男子二八才是「天癸」至，「天癸」是什麼，千百年來爭論不休。有的人說是性成熟，有的人說是心裡開竅，有的人說是上天賦

予人的東西打開了。那麼，上天賦予孩子的東西，是不是這一年打開呢？

十六歲。和他同齡的人都上高中了，都坐在教室裡在做物理化學卷子或者打情罵俏傳紙條了吧，但是我的孩子，他還在學習別的孩子一歲多都會的東西——說話。

十六歲又過去了。

十六歲的時候，我的母親病了，我們認識了黃醫生，後來在他十六歲的那個冬天我們就把孩子送到這個山區小鎮來了。

我記得他七歲那一年，二○○五年九月一日那一天，我看著很多孩子去上學。那一天是七歲的孩子們報到上學的第一天。多年前，我們也是這樣抱著一個木板凳去上學。上學，標誌著一個孩子離開了家庭，到了另一個世界。一個集體的，同齡的，吵鬧混雜產生故事的世界。

我的孩子在這個世界之外。

我沒有拉著他來看這一幕。我不知道他看不看得明白。我怕他傷心，更怕他連傷心都不知道。如果他看著別人的孩子傷心還好一點，如果他不知道傷心，他哈哈大笑，我怎麼辦？

以後我散步每逢遇到學校，都會快步離開。

孩子十二歲過生日那天，我有點手足無措。我不知道該不該給他過一個生日。在我們生活的這個城市，孩子十二歲

30

生日是件大事，是要大擺筵席慶祝的，但是，我該慶祝什麼呢？

我一整天在自責中度過。

如果……

如果……

有無數個如果，我會有一個正常的、能夠開口說話的孩子嗎？

孩子十六歲生日那天，我已經不感歎生活了。一整天在忙忙碌碌中度過。

遲了。

早一點就好了。

我曾經在孤獨症培訓中心給患者的家長們講課，這些南來北往的家長遇到的是和我一樣的問題。首先是無法確診，不知道什麼病，好不容易確診的時候基本上錯過最佳治療期了，更重要的問題是，確診以後怎麼辦。怎麼治？找誰治？

我們這麼大一個國家，有一家專門治療孤獨症的醫院嗎？

我們有專門治肝病的醫院，有心臟病醫院，有眼科醫院，風濕骨科醫院，有婦科醫院，男性病醫院，我們有呼吸道肺部醫院，有手足病醫院……在這些花樣繁多的醫院裡，我們找不到孤獨症醫院。

大多數家長和我一樣，找不到誰能治。我曾經去過北京，上海，我找過兒童醫院，婦幼醫院，綜合的名醫院有同濟醫

院，協和醫院。在這些醫院裡，兒科把我們推到喉科，喉科說他們不能治，沒有孤獨症科，最後又推到精神內科，精神內科說他們不能治。

我曾經和一個大醫院的醫生吵起來。

不能治你當什麼醫生？

不能治你開什麼醫院？

全世界難題？

全國都不能治？

那我的孩子，只能就這麼拖著？

啊，啊，我們深表同情……

我相信很多患者家長和我一樣，從很多醫院出來之後，想把這個醫院炸了，把醫生痛打一頓。一個小孩子的病，全國不能治？全世界不能治？那要醫院幹什麼？要醫院是嚇唬人的嗎？

我們就這麼一家一家換著醫院求醫，能不錯過時間機遇嗎？能不遲嗎？

九

在黃醫生家靠街邊的一個房間裡，安裝著冬天取暖的地爐。地爐有一部分埋在地下的土裡，一部分在上面，爐子上安裝著一個排煙道，通過窗戶向外面排煙。在鄂西北山區，

一直綿延到武當山、神農架和恩施土家苗家自治州,大多數農家都使用這樣的地爐。屋子裡冬天很暖和,大部分可以一整天不出門,只圍著一隻爐子即可。吃飯的時候,爐子上燉著臘肉和土豆、粉條、蘿蔔白菜這些。不吃飯的時候爐子上放一壺水,人們圍著爐子,喝水,說話或發呆打瞌睡。

我兒子在爐子邊上成堆的儲存過冬的凍蘿蔔和凍白菜之間穿行,他在這裡生活了一年,對周邊的蘿蔔白菜和地爐已經熟悉了。

我邊吃飯邊提出疑問,孩子一個人呆在家裡會不會跑丟?

黃醫生和他的家人認為我多慮了。

你在街上放一隻羊子,或者一隻刺蝟,只要是有家有戶的,都不會丟,他們說。

甚至不用去找,不管羊子和刺蝟跑到哪個街鋪,都有攤主認得,都會有人站在街口或者攤位邊上說,這是誰誰家的羊子,誰誰家的刺蝟。怎麼沒管好?怎麼跑到街上來了?

會是這樣嗎?

黃醫生家裡人介紹,這個鎮上,哪一家來了客人,多了一輛車,全鎮馬上都會知道,何況多了一個娃子?現在,全鎮都知道,鎮上來了一個省城的孩子,不會說話。人們閒聊起來,會說,那個武漢來的不會說話的孩子,如何如何……這個「武漢來的不會說話的孩子」就是我兒子。人們記不住孩子的名字,那不重要。

這麼說這個小鎮上不會丟孩子。看來只是我丟孩子丟怕了。

我兒子丟失第四天的早上。我們接到公安局一一〇系統的電話，孩子找到了。我們趕到武漢市兒童福利院去領孩子，又趕到市公交公司去感謝司機。公安人員給我們還原了孩子丟失後的路線圖。開往武漢漢陽西郊沌口方向的公交596線路的司機和售票員，在傍晚到達終點後發現車上只有一個孩子，他們仔細盤問，發現孩子不會說話，他們明白孩子是誰家丟失了。

滯留在公交服務站一段時間，服務站人員問不出家庭和父母消息，之後我兒子被送到附近的沌口派出所，派出所民警又詢問了很久，問不到家庭和父母信息，之後把他送到兒童福利院。

我們趕到兒童福利院的時候，他正在啃一個巨大的麵包。

我們去感謝596公交線司機和售票員的時候，站在那輛公交標誌牌下面發呆。我在想一個問題，我的孩子丟失的地方是武昌的徐東一帶，那裡根本沒有596公交。孩子丟了以後，我們在第一時間趕到附近的公交服務站，我們要求看監控錄像，想從監控錄像裡面尋找孩子的蹤跡，但是監控錄像當天壞了。

那麼，我的孩子，他是從他住的地方那個公交站上車，經過了很多次輾轉，不知道怎麼轉的車，穿過長江，又穿過

漢口,到了漢陽西郊的596次公交車終點站。

想到一個不會說話的孩子,在人流中上車,下車,又上車下車,想著他一個人在人流中穿行,一個人上車下車過長江過漢口,真有一種後怕。

紫金鎮不會丟孩子?不會。因為一隻羊子和一隻刺蝟是誰家的,大家都認識。張家的羊角上有一個缺口,李四家的刺蝟身上的刺不扎人,大家都知道。

地爐邊上堆著過冬的蘿蔔白菜和紅薯粉條,梁上吊著的臘肉,堆在那裡懸在那裡不動,可以吃一個冬天。椅子在哪裡,菜盆在哪裡,鞋子在哪裡,這些都是不動的。晚飯後果然有一群人出來,圍著我開來的車觀望。這輛車現在停著不動,但是它是從一個晃動的世界開來的,它就是代表著晃動的。

在省城裡,一切都是晃動的。門口的人每天是不熟悉的,每天都在換;公交裡面商店裡面的人每天都是不同的,都是晃動的。人是晃動的,車是晃動的,每天都有新事情,故事也是晃動的。

晚飯後我邊休息邊訓練孩子:

爸爸。

爸爸好。

爸爸你好。

爸爸你好嗎?

我們從兩個字開始，三個字四個字五個字，照樣是我說一句他跟一句。我發現他的語速遲緩了，情緒裡面帶著猶豫。

　　很快我就明白了原因。

　　原來在省城訓練孩子，無論是家裡還是培訓中心，都是使用普通話，但是在這裡，黃醫生和他愛人都說地方話，他們不會說普通話。全鎮說普通話的沒有幾個人，是這個原因讓我兒子遲疑了。

　　在他有限的五字句內的語言裡，內容和發音都極為簡單，現在，他來到又一個地方的語音系統裡，他對原來學習的有限的普通話系統不太自信。

　　我用地方話訓練他同樣內容的五字句，他望著我，他不知道哪個系統是正確的。

　　從普通話換到地方話，雖然只有這幾句話，但是對於這一類孩子來說，卻是另外一門語言，甚至是另外一個星球上的語言。

　　語言，無論是語音還是語彙，在最初的教育中，應該和紫金鎮上的蘿蔔白菜一樣，趴在那裡靜止不動，還是和省城公交車上的流動人口，不停地變換？我請教了幾個語言學家，但是一直沒有令人信服的答案。

　　我早先有位同事，他的兒子是正常健康的，他也遇到同樣的問題。他兒子和他們夫妻在一起說普通話，他把老母親接到單位住，他兒子和母親住幾天，說話就不同。有一次，

为一個詞發生了糾紛。

赤腳，當時是夏天，孩子赤著腳。

但是他母親卻教孩子說，腳片兒。

不光發音不同，詞彙都不同。在他夫人的慫恿下，他和母親吵架。

我和他交流過。他說，一個「腳片兒」，這個簡單的詞，通往的卻是一個鄉下世界。

我一愣。

我明白他是對的。

但是我考慮的不是城裡鄉下，我想明白哪個世界對孩子開口說話更有利。

十

黃醫生家的房梁上吊著臘魚，臘肉，手工灌製的香腸。臘肉是用松枝和橘皮熏的，掛在梁上，散發著山林間的混香。過年的氣氛就在房梁上。南來北往外出打工的紫金人也都從外面回來，帶著廣州的氣息，深圳的氣息，北京上海的氣息，帶著火車汽車飛機、長江和大海的腥氣，回到山裡的爐子邊上來。

我和黃醫生商量著孩子過年怎麼辦。

在我老家漢水中游這個地方，過年是不興在別人家過

的。黃醫生住的這個山區小鎮，不像城裡，正月初七初八全部上班了，他們的年是以正月十五為界的。正月十五之前，小鎮的商鋪基本上不開門，尤其是飯店和住宿旅店，不會開門。過年是什麼，過年就是關門休息，過年就是喝酒吃肉烤爐子，過年就是人解衣裳馬卸鞍。

這個時間我們統一不了。

過年我想把孩子接到孩子的爺爺奶奶家，孩子的爺爺奶奶住在離黃醫生一兩個小時車程的漢水中游的一個小鎮，是孩子過年能去的最佳地方，但是孩子的爺爺八十四五歲了，孩子的奶奶病後雖說恢復得還不錯，但畢竟大病了一場，再說也快八十歲了。他們都過了能照顧孩子的年齡，他們都還需要有一個人專門在身邊照顧他們。

我希望年前把孩子接走，過了正月初三或者初五送回來，因為初七我要上班了，但是紫金這裡的風俗不一樣，那時候黃醫生兒子兒媳女兒女婿都從外地回來了，年過得正濃啊。

還有一個現實問題，如果下雪了，山裡不通車怎麼辦？

地爐上的一只白鋁壺裡面的水燒開了，一壺開水喝完，又續上一壺，我和黃醫生辦法還沒有想出來。

孩子得病十幾年來，每年過節都要遇到同樣的問題。

孩子三歲半左右，也就是他確診為孤獨症半年左右，我和他的媽媽離婚了。孩子歸我帶。幾個月後，我拉著孩子離開了他出生居住的地方，在我當時工作的單位附近租房住，

他從此離開了他媽媽。

再往後，他媽媽又再婚，生了一個會說話口齒伶俐的女兒；再往後，他爸爸我也再婚，也生了一個會說話口齒伶俐的女兒。這樣，我兒子有了兩個妹妹，兩個家。

他有了兩個家，卻不知道家在哪裡。

孩子曾經在他媽媽的家裡過了兩個年，都是年前我送過去，年後初五左右我去接過來。我想讓他和媽媽多待一點時間，感受一下親情。

但是我二○○六年第二次把他送到他媽媽那裡，年後去接的時候，他媽媽那個剛學會說話口齒伶俐的女兒說，我討厭他，不要他再到我家裡來！

她在說我兒子。

那是一個傍晚，在武漢市西郊東西湖一個社區的路邊。我一下子愣住了。孩子的媽媽也嚇變了臉，趕緊訓自己女兒。她說，怎麼能這麼說哥哥？你和哥哥最親對不對？

小女孩兒被他媽媽訓過之後，忽然大哭起來。

從那以後，我兒子再沒去他媽媽家裡住過一回，甚至十多年沒見過，中間有一回他病了十幾天，好不了，感冒不止，我通知他媽媽在醫院裡照顧了兩個半天。

我後來給孤獨症培訓中心講課，我發現孤獨症孩子的家裡，大部分有兩重甚至多重苦難。一是孩子有病，再是家長之間有矛盾。孤獨症，它帶給一個家庭傷害到底有多大？它

深入到一個家庭的肌膚內裡有多深？只有親歷者才明白。

我認識湖北南部咸寧的一個孤獨症孩子，這個以溫泉和桂花而聞名的地方，有一個成功的孤獨症康復故事。這個地區的通山縣有個叫阮方舟的小朋友，今年已經在讀高中了。他查出孤獨症是一歲多，他那個當護士的媽媽比一般的家長更警覺，更早診斷，更早干預治療，他和普通孩子區別不大。他上了小學初中和高中。他上初中的時候我見過他一面，說話對話與人交流毫無問題，只有在停頓的時候，稍加注意才可以看出他和正常孩子略有不同。他比其他孩子要緩慢一點。後來我聽說他考上了高中，除了數學特別差以外其他的科目成績都在中等。

這樣的孩子真讓人憐愛。

但是這個孩子卻見不到爸爸。他爸爸在他確診之後和他媽媽離婚，隻身到了南方，又成了一個家，又生了一個孩子。

我發覺孤獨症家庭的離婚率特別高，離婚的原因可能多種，可能是吵架，可能是經濟，但是背後的真正原因一定是這個病，孩子得了這個病，家長和家庭的希望一下子沒有了，別的方面的矛盾也就一下子來了。

咸寧通山縣的小阮同學見不到爸爸，他成長的過程就特別想爸爸。有一年他爸爸回老家過年，快走的時候，他知道了，他追到路口，抱著他爸爸，不讓他爸爸離開。

這個患有孤獨症的孩子不停地哭，不停地喊爸爸，卻不

知道他爸爸已經另謀生計，另外又有了一個家庭。

我在孤獨症培訓中心裡，還發現兩個例子。

第一個是一個男孩，他連續治療幾年找不到康復的希望，父母離婚了。先是父親跑到外地，後是母親跑到另一個外地，他被扔給爺爺奶奶。他的爺爺奶奶倒挺堅強，用退休費養著他，每天到培訓中心學習，同時每天四處尋找治療這孩子的良方。

我每次看見這一對爺爺奶奶，都在心裡祈禱：你們可要長命百歲啊，你們要往後活，要活到一百五十歲啊。

另外一個也是男孩，他確診為孤獨症後他父親跑了。他老家在鄂西北房縣山區，他的母親靠拆遷房子的補償費，帶著他到省城培訓語言。

我曾經問那個孩子媽媽，將來拆遷的補償費用完了，孩子還沒有學會說話怎麼辦？

她一愣，她不願意想這個問題。未來超過一個星期的事情她都不願意去想。

所有的孤獨症孩子的家長都不願想太多，想未來。

未來有多遠？一個星期？一年？三年？十年？

現在是過去的未來。我兒子今年十七歲，十七歲是我兒子他三歲時的未來吧！但是當年孩子確診，我和孩子的媽媽離婚的時候，我會想到他未來十幾年有家等於沒有家嗎？

十一

　　地爐上又一壺水喝完之後，我和黃醫生還沒商量好孩子過年該怎麼辦。

　　過年了。把孩子拉到年邁的爺爺奶奶那裡去過渡幾天，是我十幾年來的辦法。這個辦法能使用多久呢？那麼，祈禱孩子的爺爺奶奶一直活一直活吧。

　　他現在十七歲，我和他媽媽離婚後的十四個年頭裡，他和他媽媽在一起過了兩個年，剩下的十二個年，全是和爺爺奶奶一起過的。他沒有在我現在的家裡過過一個年。十幾年裡，他一直在外面，要麼寄養在別人家裡，要麼上培訓班和中醫治療……他前後寄養過五六年，在鄂西的長陽土家族自治縣虞老師家裡寄養過兩三年；在漢陽一家開雜貨鋪的人家裡寄養過大半年；然後就是黃醫生家裡。他上那種語言培訓班的時候，南來北往的孤獨症孩子家長都在培訓學校附近租房子，孩子大多是家長或者爺爺奶奶照顧，我們也在培訓中心附近租房子，卻是請保姆照顧，保姆們大多不認真，我母親也來武漢照顧過幾年。

　　孩子十七歲。按照我和他媽媽離婚的協議，他歸我。那麼在我的新家裡，他有一個媽媽，有一個妹妹。我們這個新家有四個人。但是我們四個人沒有在一起過完過一個年，我

們四個人沒有在一起共同生活過三天。

我的臉扎在地爐邊上。在一個寒冷的冬天裡，一個男人幾百公里從省城跑到一個山區小鎮和一個老中醫一起商量兒子過年的去處，那麼誰說這個男人成功，都不會有人相信。

年來了。年是一面鏡子，照著一個孤獨症孩子的父親幾十年的人生。

年來了。年提醒我還有一個孩子，他還不會說話，他在深山裡面的一個小鎮上。年提醒我，就像這個山區小鎮紫金，那麼多人那麼遠打工，但是年把他們都招回來了。這個時候單單給錢養他還不行，還必須有一個地方，和他團聚，和他說話，和他吃飯。

這個地方叫家。

家裡面，有房子，有孩子，有哭鬧。

但是我這個家裡面，卻沒有我的兒子。十幾年來，我們甚至沒有給他設一張床。家裡面沒有他的氣息，沒有他的書包，沒有他的茶杯，牙刷，鞋子，衣服，沒有他的任何印跡。我們的鄰居，一些同事，朋友，都以為我們這個家只有三口人，我們只有一個漂亮而聰明的女兒。

兒子的話題是我後來這個家庭矛盾的起點和敏感話題。我在衝動的時候指責過我女兒的媽媽，說她不管我兒子。

她說，他親媽為什麼不管？

她說，如果他親媽死了，你也死了，我這個後媽一定

會管。

她是對的。

但是孩子的親媽管不了，爸爸管不了，後媽也管不了，每個人各有各的理由，卻形成了我兒子有家無可歸的格局。這個格局讓我明白了命運，明白了愛和家庭。條分縷析的時候，就是愛消失的時候。四處沒有落點的時候，命運便飄在空中。落點在哪裡，命運就在哪裡，愛最終會在哪裡。

我兒子現在的落點在爺爺奶奶那裡。

紫金鎮黃醫生家裡的地爐一直燒著，全家熱烘烘的。爐子上是熱氣騰騰的開水壺。爐子，開水壺，茶杯，沸騰的開水，這一切都是年。過年了，我是來接兒子回家嗎？我想起我和他媽媽辦離婚手續那天，那天早上他突然醒得很早，醒了之後一直大哭。

他用他的哭聲在勸阻我們。他的哭聲仿佛來自另一個星球，由遠及近，呼嘯而來，撕心裂肺。

但是他的哭聲沒有能阻止一個家的離散。

那天上午我和他媽媽離了婚，紅本本交出去，藍本本拿回來，回到家裡後他還在大哭。我們回到家裡，他一會兒看看我，一會兒看看他媽媽，我們假裝開心地有說有笑，他也遲遲疑疑地跟著我們笑起來。

我們兩個人暗自說，難道他看出來了嗎？

他不是一個正常孩子啊，他怎麼會看出來呢？

即將離開那個家的時候，二〇〇二年春節的一個雪天，我把兒子頂在脖子上，我們走在武漢西郊東西湖區的一個田間路邊。他穿著紅方格棉襖，裡面夾著一些白色方塊。雪還在飄，地壟上面的菜苔被雪封住，四周一片靜穆。

我對著雪地說，兒子，我和你媽媽離婚了，我們要離開這裡了。

他在我肩上騎著，對著雪地咿咿呀呀。

我說，雖然我和你媽媽離婚了，但是我們都愛你，我們會給你兩個家。每一個家都會對你很好。

現在看來，我和他媽媽都食言了。

他看起來有兩個家，但是每個家裡面都沒有他的床，沒有他的氣息和他的生活。

他成了一個沒有家的孩子。

黃醫生家外面，我停著的車旁邊圍著一群人，他們都是黃醫生的鄰居。我每次來，他們都會過來圍觀，毫不避諱。記得有一次我坐在外面堂屋，一會兒過來一個婦女借針線，一會兒過來一個婦女倒開水。她先問候我稀客，又問我住在哪裡，又問我的家庭情況，孩子的一切她們都感興趣，都感到神秘。我一開始以為她們真的進屋有事，後來才明白她們只是想打聽情況。

我走出去和他們聊天。我知道如果我不出去，他們就會

一個一個進屋圍在爐子邊上，那樣時間會更長，問得更多更細。

你來接孩子回去過年嗎？

對，接孩子回去過年。

你們那裡過年很熱鬧？

對，現在哪裡都差不多。

我開始談年。我把我這些年在外面南來北往見過的年講給他們，我說我這些年就是這麼過的，這些年我就是帶孩子這麼過的，見識廣，幸福美滿，啊，這就是外面大城市的年。

他們充滿幻想但意猶未盡地散去了。

十二

我和黃醫生坐在爐子邊上圍著開水壺喝茶的時候說到孩子的治療。孩子怎樣開口說話，才是我真正揪心的事，但是孩子在紫金寄養的一年多裡我來了幾次，都沒有看見黃醫生給他治療，沒有出現我想看到的那種場面——針灸或者湯藥啊這些，為什麼呢？

黃醫生不停地滋著紙煙，他說現在還不用。他認為這個孩子首先不是治療和開口，首先要調整他的發育，調整他的飲食和身體成長。

你這個十七歲的孩子，從形體上看，只有十三四歲，他

的飲食供應有問題，他說。

飲食和說話，有多大關係呢？或者說，能不能同時進行？我想更明白一點，更快一點。

飲食決定身體發育，你的孩子身體和正常人一樣了，說話也就開始了，他說。

黃醫生繼續滋著紙煙，對我的焦灼不理不睬，一年多前我帶孩子來，他滋著紙煙給孩子號脈的時候，我的心就一直懸著。我那個在省中醫藥大學教醫古文的弟弟不停地在旁邊吹捧他，說他是神醫。最後他同意收下孩子，同意孩子在他家裡寄養治療。

但是寄養之後，我們看到的，就是孩子的吃飯，睡覺，喝水，上廁所。他說孩子發育不好，現在的中心任務不是治療，而是調整飲食。他每次都這麼說。

我知道他說的有道理。這麼多年，看了這麼多中醫，聽也聽得差不多了。中醫說飲食睡覺都是藥，變化在一天一天的日常生活中，孩子的吃喝拉撒，決定了孩子的治療。所以看似平靜，其實是在變化中。

一袋一袋湯藥，一根一根銀針，都在量變，都在積累嗎？

這種量變，這種看不見的累積，是以時間，是以孩子家長的金錢、身體和心理為代價的。我們這些人，就這麼一天一天，一個月一個月，一年又一年地消耗著。

我的兒子在武漢歸元寺附近一位公認的齊神醫那裡治療

四五年。那四五年裡，我們每個星期帶他去兩次，每次診斷
後就在那裡拿那種袋裝湯藥。計算下來，一年要去一百多次，
五年去看了五百多次。

看了五年之後，我們決定放棄了。

藥太貴了。五年花了幾十萬吧。

還有，這個過程我們煎熬不住了。每次從武昌坐公交車，
中間要轉一次車，光坐公交的時間，每次來回要六到八個小
時，加上診斷治療。那個神醫對我們還是相對照顧的，他那
裡排隊看病的人每天幾十人，但是我們家的孩子一去，他總
是給我們的孩子先看。

更重要的是，我們怎麼看不到變化呢？也許已經在變化
了，這一袋一袋的湯藥，畢竟不是白吃的，肯定會有作用，
但是這種變化和我們一點即著的焦灼心情相比，簡直微不
足道。

如果一個醫生，他打包票說，這孩子包治，那也行，慢
就慢一點，貴就貴一點，反正拼上了，耗上了，攤上了這麼
一個孩子，就攤上了一條命，但是沒有醫生會這麼說，我們
拚命賭上的，是一個未知。

這種平靜的量變，對孤獨症患者家長是一種巨大消耗。
大部分一直堅持治療的家長就是這麼過來的。大部分家長就
這樣一直消耗到最後彈盡糧絕。

我們在漢陽的齊神醫那裡治療四五年之後，決定換個醫

生治療。換醫生，這個決定是我們猶豫了很久之後共同做出的決定，包括我那個在中醫藥大學當老師的弟弟，他也認為應該換。

既然前面不知道亮光在哪裡，不知道亮光還有多遠，那就換一條路去尋找。

我們找到著名的神針李家康。

李家康每天從一家大醫院下了班之後傍晚時分才趕到一個小診所去就診，他每天趕到診所的時候，患者已經按序號排成了長隊。我的兒子由湯藥換成針灸，我也見證了一個針灸名醫的氣勢。

隨便說一個場面。夕陽懸在了城市的樓頂，街面上車輛和行人增多、人聲嘈雜的時候，位於武昌積玉橋附近的李家康門診部才開始熱鬧。這個小診所裡面掛著無數面錦旗，上面寫著「神針」、「天下第一針」這樣的溢美之詞。一些疼痛難忍的患者，擺著各種怪異的姿勢，像等待救星一樣等待李家康出現。

李家康扎針極快，排著的一條長隊，他一會兒的功夫就理順了，讓大家一一安靜。

我的兒子是他遇到的最複雜最小心翼翼的案例。

其他的患者別看哎呀喊疼，大叫，但是扎的都是肩、腿、腰這些部位，我兒子雖然不喊疼，扎的卻是腦殼。他扎我兒子的時候，所有的患者都停下來盯著這個場面。

一個孩子,頭上扎滿了針,扎得像個刺蝟,這夠讓人心疼的,但是還不夠,還有一根穿過腦殼的長針。這根長針拿出來的時候,其他的患者都是一片驚呼。

　　這麼長的銀針,誰見過呢?

　　這麼長的針,是扎人的嗎?

　　這麼長的針,扎豬屁股還差不多,這是要扎誰?

　　這麼長的針,扎那個孩子???

　　天哪,這麼長的針,要扎那個孩子的腦殼嗎?

　　是的,這個長針,要扎的正是一個孩子,我的兒子,這個長針,要穿過他的腦殼。

　　感謝我的兒子,他在一個一個夕陽下,頭頂著一頭銀針,腦殼被扎成刺蝟,還要承受這最長的穿過腦殼的一根銀針。

　　看的人都不敢看了,他們閉上眼睛或者別著腦袋;扎針的神醫手法慢下來,小心翼翼,額上滲出薄汗,被扎的人卻樂哈哈。

　　這是我最佩服我兒子的地方,這個不會說話的孩子,十幾年裡腦殼上不知挨了多少針,但是他不喊疼。他也不會喊疼,他看著那些東倒西歪喊疼的成人,他不理解成人們,成人們也不理解他。

　　孩子,扎完了。堅持一下,明天就好了,明天你就會開口說話了。眼前的這個夕陽,它下去之後,明天再升起來的時候,就是你開口說話的時候。

50

孩子，再堅持一下。一下。一針。前面的都不算，最後一針最見效，這根針我認識，是爺爺奶奶派來的，是太爺爺太奶奶派來的，是專門讓你開口說話的。

啊，孩子！你是我見過的最勇敢的人，最牛的孩子，你是一個英雄，一個年紀最小的英雄。

啊，孩子，你是我們所有人的榜樣，你首先是爸爸的榜樣。我們向你學習。

十三

我兒子在冬日早上的陽光下，奔跑在山區小鎮紫金的街道上。他想橫穿老省道公路的十字路口，他的目標是十字路口角落的一家早餐攤。

我跟在他後面。

從黃醫生家到鎮街十字路口，是一條直路，路兩邊除了鎮政府，全是鋪面，鋪面的盡頭，就是十字路口。儘管有了高速公路，老省道仍然車來車往。孤獨症孩子身邊必須跟一個人，讓孩子避開危險，是清晨打開門第一件要做的事。

昨天晚上，我看到孩子過了一個危險關，我興奮地睡不著。

孩子過的這個關是倒開水。

是的，我的兒子十七歲了，此前他還不會倒開水。昨天

晚上我和黃醫生坐在地爐邊商量事情，黃醫生讓他給我倒開水。

他會倒開水嗎？

他有點遲疑，也有些興奮。他先把杯子鄭重其事地放在桌子上，然後去牆腳的地上取開水瓶。杯子是白色的，開水瓶是紅色的，在夜晚昏黃的燈光下，它們的色差很明顯。色差對一個孤獨症孩子有多重要？這是一個需要解答的問題。我不記得我對世界顏色的區分是從幾歲啟蒙的，似乎父母並沒有教，只是不知不覺中跟著這個世界的人們一齊混著學會的。但是顏色對於一個人，特別是對於一個孩子，太重要了。顏色區分著世界。

白色的杯子放在桌子上，桌子是黃色的。紅色的開水瓶放在地上，地是黑色的。

我的兒子拎著紅色的開水瓶準備朝白色的杯子裡倒開水。

開水瓶裡的東西，與其叫「開水」，不如換一個詞——危險。

對，那個東西叫危險。所以人們發明了塞子，把危險控制在裡面，在我兒子就讀的孤獨症培訓中心裡，不知道某些危險物是危險的孩子太多了。電是個危險的東西，但是很多孩子用手摸電的插孔，學校只好把插孔安得很高。樓梯是個危險的東西，所以樓梯特別扁平。

開水瓶有很大一個肚子，我兒子拎著有點吃力。

我有點緊張。

我本來想去攔他，又忍住了。

倒一杯開水中間有幾個流程？這是我看我兒子倒開水才明白的。我原來以為，倒水最多一個流程或兩個流程，因為這是正常人生活最基本的技能。我兒子——一個孤獨症的孩子——倒開水有以下流程：

一、放杯子，杯子必須放在桌子邊，但又不能放在太靠邊的位置上。

二、取開水瓶。開水瓶必須拎到桌子邊。

三、放開水瓶。開水瓶為什麼放下來？因為上邊有一個塞子，孤獨症孩子不會一個手取塞子一個手倒開水。

四、取塞子。取塞子這個流程對孤獨症孩子相當重要。它不是附屬的輔助動作，而是一個單獨動作。把開水瓶的塞子取掉，把塞子放到桌子上。一般人右手倒開水，塞子在左手上。但是孤獨症的孩子不但要把瓶塞放在桌子上，而且瓶塞哪一面朝上，都要訓練。

我兒子把瓶塞熱氣騰騰有水汽的一面放在桌面上。

黃醫生在旁邊糾正他，告訴他應該把沒有水汽的一面朝桌子，有水汽的一面朝上面。

這個動作流程此前已經訓練過很多遍了。

我兒子遲疑了一下，但是按照黃醫生的指導做了。

五、重新拎起開水瓶。

六、用雙手托住水瓶。其中一隻手在瓶把上，另一隻手在瓶底或者瓶肚子上。

七、觀察杯子在哪裡。杯子是空的，裡面是可以倒水的。

八、倒開水。

終於在倒開水了。我的兒子在倒開水。我的心提到嗓子眼裡了。開水冒著熱氣，它是危險品，它是高能能量物質，比如電，比如危險品和火，再比如社會上的權力和愛情。高能量伴隨著危險，那是一定的。開水是高溫，高溫可以燙傷人。

一股開水朝杯子裡倒。

對準杯子口。

對準杯子口。

對，對，對。對準。

一股熱汽，一股白色的液體，一股帶著水汽的白色液體，這是一個危險的東西，但是這個危險的東西是有用的，它可以在冬天解渴。這個危險的東西是好東西。

停！

停！！

停！！！

我和黃醫生同時喊。

我這才明白一個孤獨症的孩子倒開水應該增加一個流程，那就是停止。

九、停止倒開水。杯子放在那裡，開水只能倒百分之七

十，我們習慣說法是茶七酒八。我們偶爾失手才倒滿或者溢出來。但是孤獨症的孩子處處都處於「失手」狀態。他們倒開水沒有停止的意識，要讓他們知道停止，也要反覆訓練。

十、放下開水瓶。

十一、蓋上瓶塞。

十二、把蓋好的開水瓶放回原處。

我兒子在黃醫生的指導下，顫顫巍巍地把他自己倒的一杯開水端給我。我伸手連忙去接。

我的淚水流出來。

晚上我喝了很多開水，我要享受兒子給我倒開水的過程。在後來幾次倒開水的過程中，他放瓶塞和停止倒開水這兩個流程有明顯進步。

孩子進步一點點，我是多麼高興。

冬日早上的陽光鋪灑在紫金小鎮的街面上，像一群群金色的鳥兒。我的孩子也是這鳥群中的一隻，他在冬日的陽光下，在鋪面之間跑動。

昨天晚上倒開水的興奮在他臉上掛著，也在我心裡鼓蕩著。

學會避開危險，是我兒子這一類所謂的「星星的孩子」在我們這個地球上的必修課。其實對我們正常人來說，又何嘗不是呢？我們現在吃的蘿蔔白菜，大米白麵，在我們祖先神農那個時代，他就是從面前一無所知的很多危險食物中挑

選出來並最終品嘗試驗變成尋常食物。把危險事物變成日常食物，是人類生生不息的密碼和智慧。

我兒子在清晨的陽光下奔跑。

我的心情剛剛開始興奮，這時候出了一點小情況。

我兒子在經過一家小賣部的時候，順手拿了店主放在展示櫃檯上的方便麵，飛奔著往前面街道上跑。

店主繞過櫃檯追出來，一開始我還不明白怎麼回事。春節前早上的紫金鎮人如潮湧，賣山貨的攤主和買年貨的路人很多，等店主追到我兒子，我兒子已經把那一袋方便麵撕破了，我才明白。

隨行的黃醫生早已經明白了我兒子在幹什麼，他沒有追，他守在攤主的攤位前面抽煙。

你一大清早拿人家的方便麵幹什麼？我揪住兒子問。

我兒子眼淚汪汪。

我掏錢給店主，向店主道歉，店主反而不好意思。他說孩子拿東西吃無所謂，只要是真吃了，就怕他不吃，隨手扔了。

店主說，平時他拿，我們要麼不管，要麼事後找黃醫生結帳。

難道他經常這麼拿東西？我問店主。

我的問題得到了黃醫生肯定的答覆。

我的兒子，他是這個山區小鎮的特殊公民。全鎮沿路邊

的店鋪，鎮上的居民，都知道黃醫生家裡有一個「省城來的不會說話的孩子」。這個「省城來的不會說話的孩子」在黃醫生上班的時候，要麼坐在他家門口玩指頭，要麼一個人在街上閒逛。他逛到哪家店鋪，只要看上有什麼吃的，隨手拿了就走。人們拿他沒辦法。要麼不理他，要麼事後找黃醫生結帳。他在這個小鎮真的不會丟，每家人都認識他。有一回他逛到一個商場，爬上三樓，保安一看是他，牽著他的手把他送回黃醫生家。這樣的例子太多太多。

這是人家的東西，我告訴他。

拿人家的東西是要付錢的，我又告訴他。

一大早上，你拿方便麵幹什麼？我問他。

我知道我這麼問是白問，他不可能回答，他回答不了。

方便麵，速食品這些東西是最壞的東西，黃醫生說，但是現在的孩子們都愛吃。

這只是一方面。

更重要的是，我如何告訴孩子，別人的東西和自己的東西是有區別的？我回想我小時候，我想像他那個星星的世界，不知道該怎麼辦。

在我們小時候，是誰是什麼時候教育我們，東西，物件，財產，這些要分別人的和自己的呢？這好像不成一個問題。我們好像天生就明白，或者小朋友互相傳遞的信息讓我們明白，別人家的花生，我們家的西瓜。別人家的花生我們不能

57

吃，我們家的西瓜不給別人吃。但是在孤獨症的孩子這裡，
卻不存在這種情況。

　　孤獨症孩子的心裡沒有財產和你我他的區分概念，這個
概念很難注入到他們的心中。他們仿佛生活在幾千年前的原
始社會或者更遠更長時間之後的共產主義社會，在他們那
裡，財產是共有的，是按需分配的，是看上就可以拿走的。

　　但是，他們卻生活在我們這個社會。

　　我們這個社會，拿了人家的東西就會有麻煩。

　　幸好在紫金鎮，幸好大家都認識黃醫生和他這個「省城
來的不會說話的孩子」。

　　我們繼續朝十字路口旁邊的早餐攤上走。

　　開往陝西和汽車城十堰方向的汽車往左，通往縣城和襄
陽、老河口、省城武漢方向的汽車向右，我站在十字路口觀
察我兒子，看他會不會躲避汽車的危險。對汽車危險的避讓
不單單是孤獨症的孩子，也是正常孩子甚至是成人應該接受
的訓練，尤其是老人。

　　我的兒子不知道往兩邊看。我看出這一點了。兩邊觀察
並判斷時間空當是他不會的。他只會看一邊，他只盯著一邊
的汽車。幸好小鎮的瀝青路上的汽車行駛緩慢，也不太密集。

　　看來關於交通道口的訓練還任重道遠。

　　我們在一個炸油條賣麵條的攤位停下來。我每次來，都
在這裡吃早餐。

　　山區小鎮年前的油條攤一捆一捆地炸油條，更遠的山村農民到鎮上來買年貨，油條也是年貨之一。這一帶把油條稱作油果子。村民把油果子一捆一捆買了裝進背簍，背回去吃一個春節。

　　早餐攤緊挨著老省道，站在這裡，可以看見蜿蜒的山路和外面隱約的世界。早餐攤主認識我兒子，他告訴我，因為我每次來在這裡吃早餐，孩子每次也喜歡往這裡跑。這個早餐攤是我兒子在紫金鎮跑動的邊界。他每次在街上跑，跑到這裡，他都不會再跑了。他沒有朝外面的瀝青馬路或者山林中繼續跑。他每次在早餐攤位這個地方，都會站立很久，直到早點攤收市的時候。

　　黃醫生證實了這個說法。

　　他們不明白孩子為什麼跑到這裡忽然就停止了，不跑了，但是我明白。他在這裡尋找爸爸的影子。他在這個地方一定看見了別人沒看見的東西。在這個小鎮，他爸爸曾經和這個早餐攤發生過聯繫，一定有影子在這裡留著。他站在這裡朝山外望，他希望爸爸早點來看他。他在這裡眺望爸爸。

十四

　　在紫金鎮十字路口的早餐攤前，我決定帶孩子離開，另尋途徑治療和寄養。

一個中醫沒治好，又一個中醫也沒治好，也許真的像西醫確診時說的那樣，這個病是終身疾患，也許和醫生們的共同感覺一樣，這個病發現遲了，但是，我不放棄，我要尋找到一個能治好他的中醫。

　　我的兒子，在西醫那裡確診為「孤獨症」，在中醫那裡，是不同意「孤獨症」這個說法的。

　　我們在漢陽歸元寺附近找的那位齊神醫，他就不同意「孤獨症」和「自閉症」這樣的說法，一個孩子，怎麼「孤獨」怎麼「自閉」嘛。現在紫金鎮的黃醫生，也不認為孩子是什麼「孤獨症」，黃醫生甚至沒有聽說過「孤獨症」這個詞。

　　這種病在中醫那裡叫「五遲」，不開口說話是五遲之一——語遲。

　　五遲是指小兒發育遲緩的五種疾病，指立遲，髮遲，行遲，齒遲和語遲。

　　在目前通行的西醫「孤獨症」病理裡，是找不到這種病的發病原因的。我們的孩子被確診為孤獨症之後，我們百思不得其解，孩子怎麼會得上這種怪病呢？我曾經問孩子的爺爺奶奶，他們說往上數三輩，我們的家族史上也沒有這種病的病根。一些西醫醫學著作中也說，孤獨症和遺傳沒有關係。

　　我和孩子的媽媽從另外的方面分析原因：

　　比如說，她是單位的電腦操作員，是不是電腦輻射影響

的呢？

比如說，她曾經流產過幾次，連續幾次都懷不上孩子。這一回懷上我們兒子的時候，先是有流產徵兆，身上流血，後來打保胎針才保住了這孩子。

比如說，在孩子的媽媽懷他的時候，曾經裝修過窗戶。我們曾經聽人說過，孕婦在牆上釘釘子都不好，那麼，裝修窗戶，窗戶就是一個房子說話的器官吧。

比如說，孩子一歲多的時候受過驚嚇……

我們做過一大堆測試，核磁共振，血液化驗，聲音測試，喉嚨測驗，我們得出一大堆數據，那麼，這麼多數據，該從裡面尋找到原因了吧。

我幾年前在當記者的時候，偶然的機會還看到武漢市一家醫院一位著名的醫師通過人的頭髮在研究「孤獨症」的成因，我去找到他，把我的頭髮和孩子的頭髮都拔給他，最後也沒有得出準確的結果。

但是中醫對這種病因卻有明確解釋。中醫叫五遲。中醫認為五遲的原因是先天胎稟不足，肝腎虧損，後天失養，氣血虛弱或流產難產史所致，其中語遲者智力遲鈍，心氣不足。

我們看到這個病因，我就知道中醫是對的。

我們的孩子不單是保胎保住的，在母體中打過針，而且在他出生的時候，他母親難產，一直生不下來他。當時武漢市東西湖啤酒公司那個職工醫院，看著孕婦量厥多次都不同意轉

院,最後孕婦失氧,快出人命了,才拎著氧氣袋轉到區醫院。

　　關於胎稟不足,氣血虛弱……說得多準啊。我們當時不是太想要這個孩子,我們沒有準備好。我的事業正處在不順的階段,心情很差,他媽媽工作也不順。工作不順心情差,影響了我們彼此的感情。就在這個時候他媽媽懷孕了。

　　多年以後,我迷上《黃帝內經》,我聽全國有名的大師講《黃帝內經》講座,講到孩子的出生和胎育這些知識,我才明白我們在孩子出生這件天大的事上是多麼輕率,犯了多大的錯誤。

　　《黃帝內經》說:「願聞人之生死,何氣築為基,何立而為楯……以母為基,以父為楯,失神者死,得神者生。何者為神?血氣已和,營衛已通,五臟已成,神氣舍心,魂魄畢具,乃成為人。」

　　我聽完專家講《黃帝內經》中關於胎育的章節,是一個傍晚。我當時大哭了一場。

　　我們的基礎、我們的出發點都沒有,我們沒有給孩子出生的心神,我們會有一個好孩子嗎?

　　我想給天下的父母,尤其是年輕的父母說一聲,如果你們不是強烈地想要一個孩子,請不要率先地讓一個生命隨便到你們的身邊來,我想給年輕的父母說一聲,你們特別想要一個生命的時候,你們要心情愉悅,天地和合,花好月圓,你們根本不會出生一個有問題的孩子。

這是一定的。

我們這個孩子出現信息的時候，我和她媽媽的婚姻其實已經走到了盡頭。孩子突然出現，雖然打亂了我們的步伐，但是最終沒有影響結果。

你根本就不想要這個孩子，天地，四季，五運六氣，會配合你嗎？

那麼，我犯了上天的大忌。

孩子，是我的錯，我們的錯，這就是病因啊！

一個沒有愛的孩子。

孩子是由什麼組成的？是由陰陽二氣組成的，更準確地話說，是由愛組成的，我們把最原始的組成材料弄錯了，孩子會好嗎？

我們看一下中國古老的道醫講《太上老君內觀經》如何說的孩子出生：

> 天地媾精，陰陽布化，萬物叢生。父母和合，人受其生。一月為月色……二月成胎……三月陽神為三魂……四月陰靈為七魄……五月，五行分藏以安神。六月，六律定腑用滋靈。七月，七精開竅通光明也；八月，八景神具降真靈也；九月，宮室羅布以定精也；十月氣足，萬象成也。

孩子的出生是一件莊嚴神聖的事。孩子出生的時候,驚天駭地,萬神唱恭。孩子出生的時候,天真拱衛,九天司馬布命章。在這種莊嚴而神聖的氛圍下,一個新的生命才誕生。

那麼,我的兒子,他是在我們沒有準備、並不想要他、情緒不高、精血不足的情況下來到這個世界的。他沒有稟天地之氣,他沒有冠萬物之首,他沒有居最靈之地,他沒有總五行之秀。

那麼,我們就要用一生的精力,用後天去補他。

第 二 部 分

一

　　過年前的某一個日子，七十八歲的奶奶常五姐開始打掃屋子，迎接她十八歲的孫子從遙遠的地方趕回老家，等他回來過年。

　　她的孫子得了一種不會說話的怪病，她的兒子帶著孫子，從省城武漢開始，跑到北京、上海、廣州，所有這些地方都治不好她孫子的病。這種病她原來沒有聽說過。她不相信她那個高額頭大眼睛皮膚白皙招人喜歡的孫子是一個殘疾。因為她對殘疾太熟悉了，她一輩子都在和殘疾打交道。

　　她曾經跑到省城幫她兒子帶孫子，也把孫子從幾百公里外的省城帶回漢水中游的老家住過，但是十幾年過去了，她的孫子還沒有好。

　　十幾年過去了。十幾年裡，她從剛進入老年，變成了一個將近八十歲的老太婆。幾年前她大病過一次，持續幾個月的低燒擊倒了她，她倒在床上水米不進。家裡人已經給她準

備好了壽衣壽鞋，但是她最後又活過來了。

十幾年裡，她眼看著她的兒子——這個有病的孫子的爸爸，從頭髮黝黑脾氣暴躁的三十歲，變成了今天頭髮花白、脾氣柔和、每天勤奮工作的四十八歲。

十幾年裡，她眼看著她的有病的孫子換了二十多個保姆，換了十多個西醫和幾個中醫，她眼看著她的孫子一陣子變好一陣子變壞，像天上的雲彩一樣影響著她的心情。

十幾年裡，她無數次眼看著她的孫子撕咬自己的指頭，眼看著孫子因為著急、因為不能開口說話而邊咬指頭邊哭泣。

孫子咬的是他自己的指頭，疼的卻是奶奶的心。

幾年前那場大病她差一點死了，她從醫院被送回家後，三十四天不吃不喝不拉不撒，她的靈魂已經飄在空中了。她修佛法，她看見一道光在空中俯視她，久久不願離開。她活過來了。活過來之後她明白了自己的任務，她的孫子還不會說話，她不能死。

十幾年過去了，她終於接受了一個她最難以接受的現實，那就是她的孫子也是一個殘疾。原來這個世界上有這種四肢健全、眉清目秀的殘疾。原來一個孩子，嘴不歪眼不斜，不聾不啞，也可以成為殘疾。並且這種殘疾比她早先幾十年在鄉村見到的殘疾更頑固，對人的傷害更大。

殘疾也是一種生活。

殘疾對於奶奶常五姐來說，是一種熟悉的生活。

她和她孫子這麼大，也是十八歲的時候，她愛上了一個殘疾人，這個殘疾人一條腿有點跛，走路一拐一拐。這個殘疾人是她的老師。是她主動追求這個殘疾人的。兩年以後，她嫁給了這個殘疾人。她和這個殘疾人在一起共同生活了五十八年，生育了六個孩子，四男二女。他們的六個孩子中，有五個考上了大學，名震全縣。他們的六個孩子中，有一個在全世界最著名的美國哈佛大學當教授，有一個在省城當教授，還有一個是作家。

她的六個孩子中，又有一個殘疾。

在她結婚兩年以後，她生下第一個孩子，大兒子。這個大兒子在不到兩歲的時候因為出麻疹打鏈黴素，變得半聾半啞，現在已經有五十六七歲，終身沒結婚。

現在，輪到她孫子了。

現在，她接受了她孫子身上這個原來她一直不願接受的病名——孤獨症。

現在，她知道了，她遇上一種比她丈夫的殘疾，比她大兒子那種殘疾更為絕望的東西。她不能去死。她要告訴她的兒子，告訴那個孤獨症孩子的爸爸，怎麼和她一樣，一生和殘疾人相處。她還要告訴她的兒子，怎樣去過令人絕望的生活，怎樣在絕望裡面，尋找生機。

二

　　孤獨症孫子出生的時候，奶奶已經功成名就了。當然，她的功成名就只是相對於她有限的人生範圍，相對於她出生和生活的那個叫常家營的村子，相對於那個叫沈灣的鄉和叫冷集的鎮。在漢水中游襄陽市穀城縣一帶，漢水河叫大河，沿漢水的這一帶村鎮統稱河西。說奶奶功成名就，是因為她活到六十歲，已經完成並且超額完成了自己的人生目標。

　　孫子出生的時候，功成名就的奶奶趕到省城，看到虎頭虎腦的孫子躺在床上，沒有覺得有什麼不對。這是第三代第一個男孩子，高興讓她沖昏了頭腦。

　　虎頭虎腦的孫子一歲多過年隨爸爸回老家一次，兩歲多又回來一次，奶奶也沒覺得有什麼不對。

　　孫子三歲多的時候，奶奶突然得到消息，孫子得了一種不會說話的叫什麼孤獨症的病不說，兒子和媳婦還離婚了。

　　奶奶大吃一驚。她急急忙忙趕到省城，問到兒子單位附近他租房的位置，在一幢樓房的深處，見到了被鎖在房間裡的孫子。

　　整幢樓房靜悄悄的，正是下午上班的時候，一樓電梯門口的物業保安正在打瞌睡，從電梯上到十二樓，打開門的時候，奶奶看見孫子正在用額頭撞一個桌子角。

　　屋子裡一片狼藉。桌子上所有的東西，茶杯，本子，筆，小盒子，打火機……全部被孩子扔到地上。屋子裡的三個椅子，全倒在地上，一個腳朝天，一個腳朝牆，還有一個少了一隻腿。

　　壺裡的水流出來，四處都是水跡。

　　儘管在電話裡早已知情，但是眼前這個場面還是讓奶奶接受不了。兒子垂著頭，簡單地向她說了一下孩子確診的情況。

　　奶奶聽不明白什麼孤獨症，她只知道好端端的孫子現在還不會說話，而且她的兒子和孫子現在連家都沒有了。

　　孩子病成這個樣子，為什麼還要離婚？她厲聲問兒子。

　　兒子垂著頭不吭聲。這種事情，一句兩句，說得清楚嗎？

　　夫妻兩個離婚，養病孩子的一方應該得房子啊，怎麼不養孩子一方卻得了房子？奶奶疑惑這件事。這件事也無法一句兩句說清。

　　奶奶意識到，自己功成名就輕鬆自在的好日子應該結束了。兒子的生活已經到了危機四伏即將崩潰的邊緣。

　　首先要給孩子治病。

　　看這個病要多少錢？她問。

　　兒子算了半天，沒算出準確數字。

　　治療一個孤獨症孩子得多少錢？是大部分孤獨症家庭很難計算又準備不足的。這種病不像其他的病有先例，有固定

71

的治療流程和收費標準，根據事後統計，奶奶的這個孫子從二〇〇一年確診後治療開始，每年的花費在十五萬左右。

基本費用如下：

中醫治療費四千元／月；二、培訓中心費用四千元／月；三、房租二千元／月；四、保姆費用二千元／月；五、生活飲食費用一千五百元／月。

這些基本費用裡面，還不包括購買衣服，交通費，四處尋找醫學專家的費用。

你現在有多少錢？奶奶問兒子。

兒子繼續垂著頭。他的生活已經千瘡百孔，真的到了即將崩潰的邊緣。當時他存款不足一萬元，每月工資不足四千元。

你準備怎麼辦？奶奶又問兒子。

奶奶當天摟著孫子在方桌上睡。這間臨時租來的房間裡只有一張床，兒子讓她在床上睡，她不睡。她在方桌上摟著孫子，陷入深深的自責中。她覺得孫子到今天才確診，她這個當奶奶的是有責任的。孫子一歲多過年回老家，兩歲多過年也回老家，都不會開口說話，她怎麼忽略了呢？

她是有過教訓的呀！

一九六五年，當時全國性預防天花和麻疹，鄉村的赤腳醫生們趕到縣醫院培訓一週，然後背上成捆成箱的鏈黴素回

到鄉村，鄉村裡的孩子們，排成隊，一個一個到赤腳醫生那裡去打針。

奶奶當時不到二十三歲，她帶著不到兩歲的大兒子去打針。他的大兒子挨了一針後，躺在地上不停地哭，她怎麼都哄不住。她沒有想到這一針影響了她兒子一生。

她的大兒子被打聾了。

在當時那種醫療條件下，因為鏈黴素過敏打聾耳朵，全國有幾萬個案例，僅僅在漢水中游河西，就有六七例，常家營村只有她的大兒子一例。

但當時他們並不知情。

奶奶的大兒子長大後，一直說話不清，比如老鼠說成老虎，叔叔說成胡胡，主要是半聾。奶奶四處找人治，但大多是鄉村醫生，誰都不知道真正的原因。奶奶的大兒子有一套自己的特殊語言。比如漢水河對岸的火車，別人叫火車，他叫「哞」。比如說漢水裡的魚，他叫「毛辣子」。其他能叫出名字的，也都吐詞不清。

到上學年紀的時候，他搬著小板凳到山坡小學上學，他不會算數學，但是他學會了寫自己的名字——陳少雄。他的字寫得很工整。他把他的名字用小刀刻在小板凳上，每天扛著小板凳上學放學，誰也不能動他的小板凳。

直到他十歲，才查出病因。

奶奶在大兒子十歲的時候帶著他到漢水對岸的老河口去

看病，他們早上帶上烙饃，趕到漢水邊搭班船，坐班船過河到對岸付家寨，又從付家寨走到老河口。

他們通過朋友關係找到一個權威醫生給她大兒子診斷。

做過相關的檢查之後，醫生問：這孩子得過什麼大病嗎？

奶奶說，孩子嘛，大小病怎麼會沒有？

醫生說，我是說大一點的病，天花啊麻疹啊霍亂啊這些。

奶奶這才想起大兒子當時打針的事。他把當時的情況給醫生說了。那天打完針之後，孩子整夜大哭，一直止不住。

醫生說，好，原因找到了，就是那次打針打的，孩子失聰了，半聾半啞了。

怎麼治呢？

不用治了，醫生說，已經十歲了，晚了，終身殘疾。

奶奶記得她當時走不回去了。早上她興致沖沖地帶著大兒子的那股勁一下子沒有了。奶奶牽著大兒子，問隨行的當時四十二歲的爺爺要煙吃。

奶奶夜裡沿著漢水往河西走。左邊是她四十二歲的殘疾丈夫，右邊是她十歲的殘疾兒子。她走幾步要一根煙吃，沒有煙吃她走不動路。

到天亮的時候，奶奶才走回常家營。

從此以後，奶奶開始吃煙了。

終身殘疾。

奶奶沒想到這樣的命運幾十年以後會重新上演，會落到

她的孫子頭上。

落到孫子頭上，兒子會垮掉嗎？

奶奶睡在方桌上，懷裡摟著孫子。她一夜沒睡。她想起幾十年前她的大兒子確診的那個晚上，她在漢水邊走著，一根一根要煙吃，她在想什麼呢？

當時是一九七三年，三十二歲的她已經有四個孩子，當時的中國正在「文化大革命」中，當時她丈夫被打成「現行反革命」，正在沈灣鄉的一個水庫裡勞動。當時她每天在生產隊掙八個工分，她的孩子們每個月二十一斤口糧。

現在，這個得孤獨症的孫子會給他爸爸這個家，噢，已經沒有家了，他會給他爸爸帶來什麼呢？

三

為了給得了孤獨症的孫子治病，奶奶的第三個孩子——孤獨症孩子的爸爸——拚上了命，這是奶奶預料中的事，她看著兒子發生著變化，一個月一個月，一年又一年。

兒子原先在一個報社當記者，靠工資和拉廣告賺錢，但是這個錢遠遠不夠身後緊緊追著的老虎吃，這個吃錢的老虎，就是孫子身上的孤獨症。

兒子開始邊上班邊在外面兼職開公司。奶奶每次見兒子，都聽他喊累。

有一回給一個公司製作書法掛曆，對方公司在十一樓，一個接電話的小姑娘，讓她兒子把掛曆搬到十一樓。

還有一次是給一家醫院製作檯曆，送過去的時候，找不到搬運工，她兒子一個人搬了四十箱檯曆，把腰扭傷了，躺在地板上疼得吭了一個星期。

比較驚險的是一次做企業紀念郵票紀念章。企業紀念郵票她兒子沒有做過，因為不懂集郵。他找了武漢一家企業，接過了他們四十五週年慶典的單子，卻不知道該如何完成這個單子。他慌了神，開始瘋狂地在這個省城四處找印刷廠，碰了很多次壁後，他才明白這種郵票紀念章是特殊行業，只能在北京一家郵票廠製作。他明白這個道理的時候，時間已經過去很久，慶典的時間越來越近了。

他住在北京那家郵票廠，不停地央求師傅們加班，不停地央求領導催辦，不停地打電話給武漢那家企業，希望寬限時間。

沒有人理睬他，沒有人理解他，當然，也不會寬限日子。

終於，在慶典開始的當天早上，他押著幾十箱郵票紀念章，從火車站裡，在一群民工的簇擁下，到達指定地點。

奶奶在一個孤獨症培訓中心附近，租著房子帶孫子。她每天早上送孫子去培訓中心，每天晚上去接。她每兩三天帶孫子轉兩次公交從武昌穿過漢口到漢陽去看齊神醫，煎完藥灌在密封塑料袋裡之後，她又拎著中藥牽著孫子往回返。

　　她眼看著每個月的某些日子，她的兒子拿著一沓錢，先去交房租，再去找培訓中心給費用，再去給中醫交藥費。她眼看著一沓子錢從她兒子手裡一張一張出去之後，她兒子兩手空空。

　　她心疼兒子，但是毫無辦法。這座山必須他自己爬過去啊。

　　她兒子住漢口，她帶孫子住在武昌的培訓中心附近。每次兒子打電話來問孤獨症孫子的情況，她都說好。不錯。聽話。有進步。可以。

　　直到那一回，孫子把她撞翻在地。

　　那一天下雨，屋子裡逼仄悶熱。這所孤獨症培訓中心位於正在修建的城中村附近，城中村的出租房便宜，但每個房間只有二十平方米左右。在一個二十平方米左右的地方，有廁所，有廚房，有床，有電視，有桌子椅子，可以想像凌亂擁擠到什麼程度。患有孤獨症的孫子那天受天氣影響，情緒煩躁，開始咬自己的指頭。

　　奶奶去阻攔孫子咬自己的指頭，她去掰孫子的指頭，想把他的指頭從嘴裡拿出來，她沒有想到指頭在他的嘴裡咬那麼緊。她左拉右扯，把孫子搞焦躁了，孫子轉頭咬她的指頭。她把手一甩，沒有讓孫子咬住她，但是焦躁的孫子卻一頭撞倒她。

　　孫子一頭撞在奶奶的肚子上，奶奶仰面倒在水泥地上，

水泥地板把奶奶的頭撞暈了。奶奶躺在地上，有小半天起不來。

奶奶眼睜睜地看見孫子繼續哭鬧，繼續咬指頭，她毫無辦法。

這個患有孤獨症的孩子想說話，他內心有一團火，但是這團火悶在心裡，燃燒不出來。語言就是心的火。一個人三天不說話就想發瘋狂吼，這孩子卻天天說不了話。他不發瘋嗎？

奶奶躺在地上不能動，她心疼可憐自己這個孫子。她的大兒子雖說也是個殘疾，半聾半啞，但是能發出基本的音節，能比劃著描述著說事，對著他耳朵大聲說，他一般還能聽明白。她的大兒子雖然半聾半啞，但是體力好，在村子裡是個棒勞力，進山砍柴，插秧割穀，打麥趕場，樣樣精通。他當年在村子裡面幹活，每天十個工分，以後土地承包，他一個人樣樣全幹。後來全家轉戶口後招工到鎮上學校食堂當工人，他一個人餵幾十頭豬。她的大兒子雖然是個殘疾，但是是一個對社會有貢獻的人，是一個自食其力的人。當年在村子裡，各家各戶蓋房子，脫坯打土牆，人們都願意請他。因為他幹活潑實，不偷奸耍滑。他幹一天等於別人幹兩天三天。他除了幹活，還會自己洗衣服，還會做飯炒菜等。他能自己養活自己啊，但是，這個高額頭大眼睛的孫子，他怎麼辦呢？

奶奶躺在地上動不了，孫子焦躁了很長時間，咬完指頭

之後，望著躺在地上的奶奶，不知該怎麼辦。

幸虧這個時候孩子的爸爸來了。

孩子的爸爸嚇住了，從這件事以後，他就開始找保姆，他知道母親帶不動了，母親慢慢老了。

奶奶看著兒子為了孤獨症的孫子一天一天變瘦。他原來是個大胖子，肥肉成碗吃，特別是粉蒸肉和膘子肉，但是某一天，她兒子碰到一個道教師父，他開始發願吃素。如果他的孤獨症孩子不開口說話，他永遠不吃葷。他當天忌口就忌住了，以後的十幾年裡，再也沒有吃一口肉。

當然，那也說明十幾年裡孩子沒有變好，至少還沒有達到開口說話的程度。奶奶希望兒子吃肉。兒子開始吃肉的時候，孫子就說話了。

奶奶明白兒子為了孫子能夠開口說話，受了很多委屈。有一回一個企業有一個項目，他去聯繫，因為競爭太激烈了，競爭對手已經公關成功，她兒子才去送禮。他夜裡去敲門，被人家推出門外，他不甘心，又去敲門。連續被推出來幾次之後，他帶去準備送禮的酒被樓梯的臺階磕破。他坐在夜間的樓梯臺階上，去撿那些被磕碎的玻璃渣子。滿樓梯都飄著酒香。

還有一次，一個地方官員，手上有一個項目，奶奶的兒子去參與競爭。這位地方官員原先和奶奶的兒子認識，他的

夫人得了癌症,曾經請奶奶的兒子幫忙找過中醫。競爭項目進入白熱化的某一天,奶奶的兒子給官員打電話,得知官員的夫人生命已經進入彌留之際,臨死前想吃廟裡的素齋。當時已經是傍晚,天已擦黑,奶奶的兒子掉轉車頭朝省城開,他沿路打電話,安排一家廟裡的素菜館做菜,他趕到廟門口拎上菜,馬上又調轉頭朝那個城市跑,他上了高速又下高速,重新趕到官員家樓下的時候,素食盒尚有餘溫。

但是那位官員下樓來取素食的時候很冷淡,他堅持要付錢,那說明了官員已經把項目給了別人。奶奶的兒子在夜裡站了很久,他不再想看哪一家是那個官員的家,他站在那裡一直望著天空,在這個天空下面的另一個地方,還有他的一個孤獨症兒子。

奶奶有一天看見兒子在水管邊嘔吐,她不知道兒子怎麼了,孫子已經這個樣子,兒子千萬不能倒下。她以為兒子又受了什麼委屈,兒子卻說是吃熱乾麵誤食了肉末。

我已經不能再吃肉了,兒子說。

奶奶一愣。

兒子在變。他不單不吃肉了,他也不打牌了。他原來喜歡打麻將,曾經一打一個通宵,因為打麻將,孩子的爺爺曾經要和他斷絕關係。

兒子在變,世界在變。奶奶在變,但是孫子怎麼不變呢?

四

患有孤獨症的孫子把奶奶撞倒在地，奶奶倒在地上有一個多小時起不來，把孤獨症孩子的爸爸嚇著了。

連續一個多星期，孩子的爸爸每天都從漢口趕到武昌，早上送孩子，晚上接孩子。給孩子做飯，洗衣，陪孩子吃飯，吃完飯之後教孩子說話，不讓奶奶插手。

奶奶讓兒子回去安心工作，不要再來了，但是兒子不聽，兒子還是天天疲憊地兩頭跑。奶奶很生氣。

又一個下雨天，奶奶在屋子裡教孫子，兒子又來了。奶奶不開門。

奶奶說，你又來幹什麼？

兒子說，我看一眼就走。

奶奶說，你擔心我還是擔心你兒子？

兒子說，我主要擔心你。

奶奶說，你媽有那麼嬌嫩嗎？

兒子說，我只是有點擔心。

奶奶說，你認為我老了？

兒子在門外默不作聲。

奶奶說，我是老了，我有點經不起摔了，我老得連一個小孫子都弄不動了。

奶奶在屋裡歎氣，兒子在屋外歎氣。想當年，奶奶在漢水中游的河西，那是有名的厲害人，別說一個孩子，那些村幹部，鄉幹部，鎮幹部，誰不怕她呢？

　　奶奶年輕的時候是一朵校花，學校文藝宣傳部的骨幹，當時全社會倡導婚姻自由，一部叫《小二黑結婚》的戲劇紅遍全國。奶奶女扮男裝，在學校文藝團演小二黑。但是奶奶最後卻嫁給了一個殘疾人。

　　很多人不理解。全鄉人議論紛紛。但是他們不明白，奶奶是在這個殘疾人身上賭自己的命運，賭自己的夢想。

　　奶奶在鄉中學成績優秀，她畢業的時候先是考上了漢水河對岸的光華縣二中，後來她又去報考老襄陽專區的襄陽財校，也考上了。但是奶奶趕上一個不好的時代。她考學的那個時候是一九六〇年，因為三年困難時期，招生下馬，很多學校停辦。全社會一個核心的工作是吃飯和救命。奶奶考上的兩所學校都停辦了，奶奶青年時期通過考學離開農村的夢想也破滅了。

　　奶奶看上一個殘疾人，是因為這個殘疾人除了一條腿殘疾，其他什麼都好。講課講得很棒，有才華，更重要的是，他是一個拿正式工資的國家職工。

　　但是奶奶嫁給這個殘疾人不久，這個殘疾人就在單位上被人陷害，被打成「現行反革命」，在萬人大會上被批鬥，在全鎮全鄉各個小學裡開會遊鬥，還下放在山區水庫上勞動。

這還不說，奶奶生了一個大兒子，又是一個殘疾。

奶奶面前一團漆黑。她把自己的命都賭上嫁給一個殘疾人，她賭錯了嗎？

奶奶不相信自己賭錯了。她和所有鬥爭她丈夫的人又拼又吵，她厲害和潑辣的名聲就是那個時候傳出去的。

一九七〇年冬天，全沈灣鄉開萬人大會批鬥奶奶的丈夫。奶奶當時剛生下第四個孩子不到一個月，還在床上躺著，那天她從早上就感覺不對，但是家裡和鄰居都瞞著她，等到半上午，終於有一個鄰居憋不住，告訴她了。

奶奶把孩子放在家裡，頭上的裹巾來不及拆，直接朝會場上衝。奶奶衝到會場，衝上主席臺耍蠻耍潑要和那些頭頭兒們拼，這是人們想不到的。

那天刮著很大的風。風把主席臺上掛標語的繩子和旗杆都吹斷了。老百姓們從十里八鄉趕來，都來圍觀一個殘疾人怎麼成了「現行反革命」。但是會議進行到一半，附近一個叫「綠化」的村子失火了。火勢在大風中越來越猛，會場上很多人都跑出去救火。會場大亂，主持人用話筒大喊，怎麼控制都沒用。

批鬥奶奶丈夫的那些人原來都是他的同事，也都認識奶奶。他們在混亂中一邊維持會場紀律一邊看著奶奶朝臺上衝，非常吃驚。

一個頭目說，常五姐，這不是你要潑的地方啊，這是開

鬥爭大會啊。

奶奶指著丈夫說，你憑什麼說他是「現行反革命」？你拿出證據！

奶奶在混亂中要拉丈夫回家吃飯，頭目們不同意，扯來扯去，最後由一個人押送跟著一起回村，方才作罷。

奶奶是厲害人，名聲一下子傳開了。

奶奶在丈夫身上賭命運，沒想到丈夫挨鬥，奶奶後來把注意力轉移到孩子身上，在幾個孩子身上賭命運，奶奶厲害的名聲越來越大。

奶奶後面的厲害，主要是管孩子厲害。除了老大是殘疾，剩下的每個孩子都挨過奶奶的痛打。奶奶打孩子，是公開的，不遮掩的，她讓孩子下跪，跪在門前的大樹下面，然後用刺條子劈頭蓋臉打。

奶奶打孩子只有一個理由，學習考不到第一名。

奶奶的幾個孩子都知道，你可以不幹活，不幹家務，但你不能學習不好，考不好。考試只要得第一名，可以不下跪挨打，得不了第一名，下跪挨打。

考第二名都不行。

奶奶打起孩子來，誰都勸不住，越勸打得越狠，後來鄰居們親戚們都知道了，看她打孩子，一聲不吭，由著她打。她打累了，也就住手了。

在奶奶的殘酷教育下，她的幾個孩子一路過關斬將，考

上鄉中學重點班，鎮中學重點班，襄陽市重點中學，後來一個一個考上大學。

奶奶五十多歲的時候，先是丈夫把她的戶口帶到鎮上，並且由政府安排了工作，後來孩子們陸續上了大學，同村裡的人開始佩服起奶奶。奶奶搬到鎮上的時候全村人都出來送行。村裡人說，這個常五姐，賭命嫁給一個殘疾人，真還賭對了。

又有人說，用一個殘疾孩子，帶出一串成功的孩子，這是常五姐的厲害。

奶奶用了幾十年。

奶奶老了，帶不動孤獨症孫子了，她和兒子妥協的結果，是兒子必須請保姆。她知道帶孩子這種活，不是兒子能幹得來的。

給一個患有孤獨症的孩子請保姆，最不放心的是奶奶。除了早上送晚上接，做飯洗衣這些日常性工作，放學之後，還要按照老師教的，教孩子一字一句說話，還要訓練孩子基本的生活自理，洗碗，穿鞋子，穿衣服，上廁所，做這樣一個孩子的保姆，必須有愛心、耐心和相當的能力，一般的人是做不了的。

尤其是上廁所和夜間醒來。

這個孩子上廁所，不知道男女，也不知道必須要去一個

叫廁所的固定地方，他要是憋了，那可不管場合，拉下褲子就開始尿，否則，他會給你難堪。

更重要的是夜間醒來。

孤獨症孩子夜裡睡覺，喜歡流汗，一睡一頭汗。幾個給他看病的中醫都說這叫盜汗，盜汗流走的都是孩子身上的精華，幾個中醫先後開的藥方裡，也都有專門治盜汗的中藥。半夜他醒來，要給他換乾淨的內衣不說，還要提防他發脾氣，急躁，咬指頭。

他夜裡醒來，換個衣服事小，要是開始大叫，開始咬指頭，那可不得了，一個晚上就睡不成了。

所以照顧這孩子的保姆換得快。不是保姆不適應孩子被嚇走了，就是奶奶不滿意保姆，說保姆不盡心盡職，沒有能力。

一般情況是，找到一個保姆後，奶奶會先陪著保姆適應一個階段，觀察並交代一些細節，才肯離開省城回老家；回老家一段時間後，奶奶並不完全放心，偶爾會朝省城趕，轉火車轉汽車，幾百公里過來抽查一下工作。

有幾個保姆就是奶奶抽查的時候發現了問題。

有一個東北的保姆，都叫她蔡姐。這個蔡姐在老家和丈夫不和，被丈夫多次毆打，每次挨打都遍體鱗傷。為了躲避丈夫毆打，她南逃到武漢，在一家賣早餐零食的小店裡面幫忙洗碗，當時店主給她的工資是每個月六百元。在一次勞動

之後，她在給其他幫工講她的苦難史，被奶奶聽到了。奶奶把她領回來當保姆，每個月一千五百元。

蔡姐對奶奶很感激，對孩子也盡心盡力。她經常給奶奶講她丈夫如何家暴，如何撕掉她的頭髮打斷她的指頭，奶奶很同情她。她講到流淚的時候奶奶也會陪著她流淚。

蔡姐在孩子的保姆中幹得算是比較長的，奶奶回老家之後也很放心。

有一回蔡姐說暫時回東北，奶奶專程連夜坐火車趕來帶孫子。蔡姐在當保姆的時候委託女兒和丈夫辦離婚，法院讓她回去辦手續。這件事當然應該理解，爺爺奶奶都理解支持。蔡姐從孩子的爸爸這裡提前領了一個月工資，承諾說回去辦完離婚手續，立即回來帶孩子。

蔡姐離開之後，奶奶給孩子的爸爸說，她不會再來了，你們儘快找一個人吧。

孩子的爸爸不相信。在場的還有孩子的叔叔，那個中醫藥大學的副教授，他更不相信。他還和孩子的爸爸打賭：如果蔡姐不來，他輸五百塊錢。

蔡姐和我們相處這麼好，我們也沒虧待她，除了工資，衣服鞋子逢季給她買，她憑什麼不來呢？

奶奶的判斷是提前領了一個月工資，她見到奶奶的時候有點慌張，連忙從身上掏出五百塊錢要給奶奶。

兩個兒子還是不信。

後來的事實證明了奶奶判斷的正確性。蔡姐走後，先是打她電話關機，後來偶爾打通，她說不來了。

　　你們對吃苦受難的人不瞭解，奶奶對兩個兒子說。

　　兩個兒子後來面對著事實還是不理解，主要是蔡姐太苦難了，帶孩子的過程是她人生平靜而幸福的日子，她為什麼這麼做呢？

　　另外一個保姆的事情又給奶奶了一個教育孩子們的機會。

　　另外一個保姆姓唐，潛江人。她帶孩子兩個月的時候，得了胃病，胃部沾黏，急忙把她朝醫院裡送。

　　送到醫院後，奶奶趕過來臨時帶孫子，也到醫院照顧唐保姆。唐保姆有三個孩子，接到母親住院的信息後，都不願意趕過來照顧他們的母親，多次軟硬兼施之後，好不容易有一個女兒來，待了一天，她要走。她的理由是她母親是在給奶奶的兒子帶孩子的過程中生病住院的，應該由奶奶兒子來負責。

　　奶奶勸她留下來盡孝，陪她母親，她不幹，拎著包要走。奶奶一下子火了！

　　奶奶指著她說，你母親在我兒子家裡，可只工作了兩個月，醫生診斷說，你母親這個病，是積勞成疾，那可不是這兩個月累成的，現在我們給你媽看病，醫療費我們出，只叫你陪一下，你都不幹，你是人嗎？

　　同病房有十幾個人，都紛紛譴責唐保姆的女兒。眾人說，

你們都不知道你們遇到了多好的人啊。換了別人早就把你趕走了，哪會送到醫院？還說要把房東的善良告訴報社，被兒子攔住了。她才留下。

唐保姆住了兩個星期醫院，醫生建議她出院以後至少休息一個月。唐保姆趁奶奶兒子不在，把預付醫療費的幾千塊錢餘額全部開藥帶上回去了。

奶奶和兒子得知這個情況，歎口氣，說，有什麼樣的女兒就有什麼樣的媽，開那麼多藥帶回去，有什麼用？還想再得一次病嗎？她後半輩子天天吃藥嗎？

五

奶奶的孤獨症孫子到十八歲為止，已經換了二十多個保姆阿姨了，最長的帶了兩年，最短的只有兩個月。大多數阿姨，奶奶都沒記住名字。

奶奶最喜歡一個叫劉婷婷的阿姨。這個叫劉婷婷的阿姨原先是荊門京山縣的一個護士，到省城投奔她男朋友，暫時沒有找到工作。一個當護士的未婚阿姨，之所以願意帶孩子，就是因為她同情孩子得了孤獨症這種病。她認為她小時候也得過類似的這種病。

劉婷婷給奶奶講她父親去世的故事。劉婷婷的父親去世的時候她還不到四歲。從她父親安葬的那一天起，她突然不

會開口說話了。她每天搬一個方凳坐在牆角裡發呆，一呆一個上午，一呆一個下午。

她母親找鄉村醫生和江湖郎中來給她看病，誰也不知道她得了什麼病。她每天不說話不行動，一下子變得遲緩起來。她每天看著大人們說話，但是自己怎麼努力，都開不了口。她的母親打她，罵她，用鍋鏟撬她的嘴巴。她的嘴也可以張口，但是張口有什麼用？她不知道如何開口說話。

她跟奶奶說，她當時每天坐在牆角裡，她雖然一整天不說話，但是其實什麼都明白。她說她的魂跟著她父親走了，去了很多地方，去了很遠很遠。在山裡面，在天空裡，什麼人都有。裡面有很多古代的人和未來的人。他們和古代的人未來的人生活在一起。

奶奶很相信，一有空就問她，和她聊天，讓她回憶那個神奇的世界。

劉婷婷認為奶奶這個孫子，表面上不會說話，其實在他的心裡，是裝著一個世界的。那個世界，並不像有的書上寫的是什麼另外一個星球，說他們是星星的孩子。那個世界就在我們這個地球上，在同一個天底下。那個世界裡，有古代的人，有未來的人，就是沒有現在的人。

劉婷婷的話正中奶奶下懷。奶奶很多時候牽著孫子，和孫子說話，孫子不回答，但是奶奶認為孫子其實聽懂了。他其實什麼都懂。

　　有這種經歷的劉婷婷，又當過護士，照顧起孤獨症孩子，果然不一樣。

　　當時孩子在一個姓謝的中醫那裡就治，治療的空閒，劉婷婷和謝醫生聊天。她想尋找一種非醫療遊戲途徑。有沒有一種針對這個孩子心理狀態而不是年齡狀態和身體狀態的認知遊戲？

　　醫生覺得可以嘗試。

　　如果能找到這種遊戲，是不是就找到了牽引孩子從那個世界來到這個世界的通道？

　　劉婷婷帶孩子逛公園的時候，看到一些孩子圍著一個藝人捏泥人，她站在那裡觀察了很久，想出了一個辦法。她和謝醫生商量，在泥模上簡化，針對孤獨症孩子，按捏手印。

　　奶奶的孤獨症孫子用指頭去按泥模，一個手印出來。他很驚奇，很喜歡，甚至有點小害怕。他試著又用指頭去按，又一個手印出來。再按一下，再按一下，又按一下……孩子越來越興奮，恐懼感逐漸減少。

　　時間再長一點，孩子沒有恐懼感了。

　　這個泥模，對孤獨症孩子來說，就是一個世界的模型。這個泥模的背後，就是我們這個現實的世界，他自己，在一個新的世界裡，他的新世界在我們對面。劉婷婷認為，他的這個世界，和她曾經坐在牆角卻每天看到的世界有共通之處。

　　劉婷婷原來認為她也得過孤獨症，但是接觸到真正的孤

獨症孩子之後，她才明白她那不叫孤獨症。請教中醫和專家之後，她仍然不明白她那叫什麼病，有的說她叫幽閉症，有的說她叫孤僻症，有的說她那屬於抑鬱症。

也許都不對。

劉婷婷用一個泥模牽引孩子，從這裡開始，認識兩個世界的區別，認識兩個世界的相同點和聯繫點。

按捏泥模不要難度。

按捏泥模的深淺每次略有變化。

稍微難一點，孤獨症孩子就會待在泥模邊上，有時會急得滿頭大汗。

他當時十歲。一個十歲的孤獨症孩子，他的身體可能是十歲的，但是在一塊泥模面前，他的實際心理年齡會暴露無遺。他和一兩歲的孩子按捏的泥模程度一致，他就是一歲；他和一歲半的孩子按捏的程度一致，他就是一歲半。

但是劉婷婷很快不帶了。因為她要結婚了，結婚之後，馬上她會有她自己的孩子了。她沒有精力再管別人家的孩子了。

奶奶很留戀劉婷婷，經常背地裡誇劉婷婷。

如果劉婷婷還在帶，會如何如何，這是奶奶常掛在嘴邊的話。奶奶的話孩子的叔叔不全信。如果是她還在帶，孩子已經好了嗎？

奶奶也不完全信。

　　奶奶覺得，迄今為止最有意思的保姆是襄陽一個姓劉的。

　　劉阿姨有三十多歲，一兒一女。她帶孩子是最短的，不足兩個月。在很短的時間裡。奶奶到省城來抽查，發現劉阿姨有問題。奶奶在曬被子的時候，發現劉阿姨每天克扣買菜的錢，都塞在被子下面。

　　奶奶的兒子，每個月給劉阿姨的錢都是直接存到摺子上的，每天生活多少，講好了要吃完，保證營養是中醫們反覆交代過的，每請一個保姆，都要反覆交代。

　　奶奶把被子下面塞的零錢一點一點放在桌子上的顯眼地方，並沒有多言，但是劉阿姨面子有點掛不住，她想儘快趕奶奶走。但是奶奶不輕易走，奶奶不放心。

　　劉阿姨開始給奶奶講她兒子，說她兒子如何如何聰明。

　　奶奶一開始沒明白，但是劉阿姨上午說下午說晚上又說，怪腔怪調地說，奶奶就聽明白了。這個劉阿姨，是在嘲笑奶奶的孫子不會說話。她用她會說話的兒子來和奶奶不會說話的孫子比。

　　和這個孩子有什麼可比呢？奶奶想，但凡這個世界上會說話的孩子，都不應該和這個孩子比。

　　奶奶決定和她說說。

　　奶奶說，你有這麼聰明一個兒子，學習成績一定好，那你將來準備讓他考什麼大學？是不是準備考哈佛大學？

哈佛大學？劉阿姨有點愣，哈佛大學在哪裡？

奶奶問她聽說過哈佛大學沒有。

劉阿姨說聽倒是聽說過，但是並不知道哈佛大學在哪個國家。哈佛大學有多大，多有名氣。

奶奶問劉阿姨想讓兒子上哪個大學。

劉阿姨的兒子當時還在讀初中，上大學對她來說，還有很遠的路要走。但是她認為襄陽一所大學就很好，裡面有幾千個學生，每天升國旗跑操，教學樓的房子蓋的很高大威武。

襄陽那所大學，和哈佛大學比，怎麼樣呢？劉阿姨問奶奶。

奶奶儘量用劉阿姨能聽懂的話打比方。她說如果說哈佛大學是大學裡的皇帝，那襄陽那個大學是什麼呢？

劉阿姨也知道哈佛大學比襄陽大學要好，但她不明白其中的差距有多大。相當於市長？相當於縣長？

奶奶直搖頭。

相當於鎮長？

奶奶還是搖頭。

最多相當於村主任，奶奶說。

劉阿姨哈哈大笑，她還沒有聽出味道來。

奶奶這才給她講孩子的聰明。奶奶講自己的六個孩子，但是重點只講了兩個，一個殘疾的老大，一個在美國哈佛大學的老四。

奶奶生的孩子多，孩子們成長讀書的時候，奶奶養不過來。雖說她有一個拿工資的丈夫，但是每個月下來，孩子們還是吃不飽飯。奶奶當時還沒想到培養那麼多人才，她只想培養兩個大學生，那就是當時成績特別拔尖的老三和老四。

奶奶讓老大不讀書了，回村子裡勞動。

她把半聾半啞的殘疾老大拉到門口，把孩子們喊到門口，讓成績特別好的老三和老四站出來。

她對殘疾老大說，他們兩個要上大學，我們一個人養活一個，行不行？

殘疾老大說，行！

奶奶指著老三老四，我養老三，你養老四，行不行？

殘疾老大說，行。

殘疾老大說到做到，撫養老四。他經常騎自行車給老四送糧送罐頭瓶裝的熟菜到鎮中學。他沒想到他會供養出一個哈佛大學的教授。

奶奶這個老四有多聰明？

連老四都不認為自己聰明。他在以後寫書的時候專門說了，自己中等智力。他的成功，在於奶奶的一根棍子厲害。

初二升初三考試前一個晚自習，老四在教室裡打撲克，考試沒考到第一，滑到中等，奶奶聽說了。奶奶罰老四跪了一夜，拿棍子打他，棍子都打斷了。

那一夜之後，老四奮發努力，大考小考都第一，直到上

了重點大學。

　　奶奶認為，這個功勞，應該歸功於老大。

　　劉阿姨像聽天書一樣聽奶奶講故事。

　　奶奶繞回來，給劉阿姨說大學裡的皇帝和村主任。

　　那麼說奶奶那個不太聰明的兒子，就在皇帝級別的那個大學當教授！

　　那麼說，劉阿姨的那個聰明的兒子，想考的那個只是村主任級別的那個大學？

　　劉阿姨這才聽明白，奶奶在這兒等她。

　　聽明白後的劉阿姨不帶孩子了，奶奶也不想讓她帶了。奶奶幫她收拾好東西，送她走。奶奶送她下樓，又送她上公交車，又送她去長途站，送了一程又一程。劉阿姨有點過意不去了，她感覺到奶奶有什麼話說，但是奶奶卻說不出。

　　奶奶其實想說，一個人聰明，能有多聰明呢？

六

　　奶奶送走襄陽的劉阿姨，返回的時候，手裡牽著孤獨症孫子，她想到殘疾老大過去多年供養弟弟妹妹的經歷。這個殘疾兒子，在十歲確診之後，奶奶就不讓他讀書了。他開始在村子裡勞動，一開始是一個小勞力，後來是一個壯勞力。他的手一度變得像兩隻釘耙，這兩隻手在撿柴撿刺的時候，

刺已經扎不進去了。手變得很厚，上面結著一層硬殼。

殘疾老大始終記得對弟弟妹妹的承諾。

從村子裡騎車三十多里到鎮上中學給老四送糧食送罐頭瓶裝的熟菜，是老大每個星期的任務。殘疾老大還給在縣城中學讀書的老三送糧食，縣城隔村子裡，有七十多里，七十多里還可以騎自行車送東西。

殘疾老大供養了弟弟妹妹，但老三老四卻在最苦難的時候讓老大受過傷。

最苦難的時候奶奶的殘疾大兒子連續兩次受傷。第一次受傷是生產隊長的兒子砍的，第二次受傷是老三和老四襲擊的。

那個時候鄉村裡，每隔一段時間會放電影。在漢水中游河西那一帶，當年放電影當時叫「打電影」。每逢「打電影」，那可是鄉村裡的節日。鄉親們搬著椅子和板凳去看。每次打完電影，奶奶的殘疾大兒子都有收穫，他會打著電筒在電影場的地上尋找，他會撿到鋼筆手絹之類的東西。

那天奶奶的殘疾大兒子撿到一枝老式水筆，他撿到的時候生產隊長的兒子也看到了，兩個人爭那枝水筆。生產隊長的兒子用鐮刀砍傷了殘疾老大的指頭不說，生產隊長還準備拿繩子捆殘疾老大。

奶奶為這件事慪氣，和生產隊長吵，但是禍不單行，殘疾老大又被老三和老四打傷了。

那天中午盛飯。孩子多的家庭知道，吃飯就是搶飯。殘疾老大因為平時辛苦，盛飯優先，但是他盛了孩子們都看中的鍋巴。老三和老四都覺得過分，三個孩子糾纏在一起打架，老三用凳子打破了殘疾老大的頭，老四用板凳砸破了鍋。

砸破了鍋！

在那個年代，一口鍋是什麼概念？

老三和老四不敢回家。他們伏在離家不遠的芝麻和煙草地裡面，商量著辦法。他們最後決定給家裡買一口鍋，如果不買，他們怕他們要被打死。

老三和老四準備給家裡賠一口鍋，但是他們沒有錢，買一口鍋要多少錢，他們也不知道。

在漢水中游的兩岸，芝麻葉丟麵條可是一道美味，不需要菜，在盛夏的中午或晚上，碗裡面有芝麻葉麵條，再加一點芝麻油，人生足矣。老三和老四伏在芝麻地裡掐芝麻葉，他們把芝麻葉用柳枝串好，天已經黑了。

他們在芝麻地裡看見一顆巨大的星星落入不遠的地裡，但是他們去找，卻找不到。

老三以後問過在美國哈佛大學當教授的老四，老四對那次打破鍋掐芝麻葉的經歷記憶猶新，他也說到那顆巨大的星星，他們看到它從天空上呈弧形滑落，消失在他們找不到的地方。

幾十年過去了，他們還經常想起那顆星星。

　　當年老三和老四拿著芝麻葉朝丹江口走，他們走得太早了，那條路其實不是他們想像得那麼遠。他們以前沒有去過丹江口，他們以為需要走一夜。他們走到深夜，在穀城和丹江口的交界處看見了路邊的人燒窯，漢水邊的窯在夜間發出紅紅的火光。他們心驚膽戰地經過了傳說中的「大溝」，那條溝是河西一帶去丹江口的必經之地，傳說有人專門搶劫財物。他們繼續前行，走一走，停一停，他們在晨霧中到達丹江口。

　　他們的一籃子芝麻葉賣了一塊錢。

　　一塊錢夠不夠買一口鍋？

　　他們不知道。在當時那個年代，那是他們見過的最多的錢，他們平常見到的錢都是兩分的硬幣。到了中午，他們在丹江口街上的包子攤前面站了很久，最終捨不得買。那個時候一個包子五分錢，一毛錢可以買兩個。他們決定不買。他們握著這一塊錢，從丹江口開始，又步行四五十里，回到漢水河西常家營村。

　　他們沿路看見了巍巍的丹江口大橋。這個大橋曾經出現在那個時代的煙盒上，他們用煙盒紙做玩具，經常看到這座橋。這座橋是他們的夢，是另外一個世界。他們的奮鬥，就是要朝這個夢去靠近。

　　奶奶收到那一塊錢的時候夕陽照在門前。鍋破了怎麼辦？鍋的中間炸裂了一條縫，奶奶沒有去買鍋，她準備找一個遊走在鄉間的那種補盆子補鍋的貨郎，找他們在鍋上打一

個補丁繼續使用。

如果有人鍋裂了縫不知道怎麼做飯，那就來問奶奶。鍋斜著，火勢朝沒有裂的地方燒，用心一點，照樣能做熟飯。

這樣的日子，迷霧中看不到方向和目標的日子，看不到希望在哪裡的日子，奶奶帶著大家，憑著感覺和本能，一天一天，一個月一個月，過來了。

幾年以後，老四考高中一下子從鎮裡越過縣裡，考到了襄陽市最好的高中，襄陽市隔小鎮幾百里，一下子就超過了一個半聾半啞的人跑動範圍，殘疾老大送糧食送菜的時代也就結束了。

再後來老四到北方一個大城市上大學，再後來去美國，更是一個殘疾人所無法想像的世界了。

不能送菜送糧了，一個殘疾人就止步了。他的自行車只能跑幾十里上百里，他認識的路，只能在漢水這一條線。但是他供養過的另外一個人，卻坐火車坐飛機，操著另一種語言，在他根本無法想像的大海、天空、城市、大學裡，工作和生活。

<h2 style="text-align:center">七</h2>

似乎所有的方法都用遍了。

似乎所有的辦法都想完了。

孤獨症孩子還是沒有明顯的好轉跡象。

孩子的爸爸著急了。

奶奶眼看著自己的兒子進入一種失控狀態，特別是孤獨症孩子到了上學年齡的時候。

有幾個孤獨症孩子的家長，找到奶奶的兒子，他們想組成一個圈子，邀請奶奶的兒子加入，這個圈子裡，都是深受孤獨症折磨的孩子的家長，經過漫長的治療、耐心的培訓和絕望的等待之後，他們大部分人都熬不住了。他們這個圈子，就是想放棄孩子的治療和培訓。他們絕望了，他們選擇接受現實。但是他們選擇接受現實的方式並不是把孩子帶回家不治了，他們想把孩子集中在一起，把孩子們組成一個團體，在這個團體裡，他們可以平等，可以不受歧視，可以自由生活。這些孩子的家長們也組成一個圈子，家長這個圈子要盡情快樂，放鬆心情，享受人生。

奶奶的兒子拒絕了。

奶奶的兒子趕來的時候興致沖沖，聽一個家長講解到半頭的時候他就坐不住了。他堅持聽完，聽那些家長在講說。

培訓有用嗎？

沒有用。

看醫生又用嗎？

沒有用。

西醫，大醫院，那些有名的大醫院，同濟，協和，中日

友好，他們治得好孤獨症嗎？

　　奶奶的兒子正在嘗試中醫，他提出一些中醫的想法，另外幾個孤獨症孩子的家長都否定他的說法，認為中醫也治不好。

　　奶奶的兒子憤怒地離開了。他拒絕加入那個群體。

　　他語氣堅決地對那幾個家長說，我和你們最大的區別是什麼？是你們放棄了，我不會放棄。

　　奶奶的兒子離開的時候有一種崇高感，這種崇高感包圍著他。他一邊開車，一邊對著車玻璃外面的天空說，我會放棄我兒子嗎？不；我會放棄我兒子嗎？不⋯⋯

　　奶奶的兒子加快了步伐。在孩子即將到小學入學年齡的這一段時間裡，他開始在民間四處尋找高人，他希望找到那些有奇術的異人，一招能治好孩子。他希望在九月一號這一天，別人家的孩子上學，他也帶著孩子去上學。

　　奶奶的兒子給孩子認了一位道教師父，這位師父以後當上了荊州太暉觀的道長，是一位品德高尚修煉有術的道長。道長也在為弟子想辦法，但是萬事皆有其緣，急是急不來的。

　　孩子的爸爸曾經請了一位高人去老家看風水，試圖通過調整風水來給孩子調理病情。高人趕到孩子爺爺的老家，漢水中游靠近襄陽市的廟灘鎮，去尋找祖墳，但孩子的爺爺幾十年沒有回老家了，老家的祖墳都找不到了。高人在那裡忙了半天，最終沒法確定位置。

在荊州的民間，有專門用偏方治病的祝由術，祝由術是道教法術派的一部分，會用很多民間招數治療一些老百姓莫名其妙的病。孩子的師父，那位道長，有時候也請求民間幫助。道長帶著孩子的爸爸去找一位祝由術大師，祝由術大師說孩子要還陰債九年，每年都要做法事。

孩子的爸爸聽真了，每年都去做法事。

曾經有另外一位大師，在武當山待過，經人介紹和孩子的爸爸認識，孩子的爸爸說如果能讓孩子主動開口說話，就給一百萬，先給一萬啟動費用，這個承諾可以寫進合同，可以找司法公正。大師把孩子帶到武當山，待了一天，又回來了，先給的一萬他說用完了。

孩子的爸爸記著自己對天空說的話，不放棄，不放棄，不放棄。

有一次差一點出了人命。

那是一個冬天。天有點冷，孤獨症孩子當時在長陽土家族自治縣的虞老師家裡寄養。孩子的爸爸在省城接到一個電話，說襄陽來了一位奇人單大師，孩子的爸爸決定帶孩子見見單大師。

電話是孩子爸爸一位姓汪的朋友打來的。他極力推薦單大師。單大師在南非開醫院，現在回國探望朋友。單大師神奇到什麼程度？他用醫術加氣功，診治了不少疑難雜症。原來襄陽有一個大官，後來出事了，被查出是個貪官。貪官在

103

任的時候腿腫，腫的穿不進鞋子，他手下有多少醫院？多少院長想幫他治好病？但是他這個腿腫這些醫院都治不好，單大師用氣功一個上午給他治好了，治好了的當天中午在酒席上，單大師還把瓷盤子變成一道菜，貪官吃了一口，盤子還有一個豁口。

這位單大師在南非還治療了一個部長的夫人，那位夫人躺在床上癱瘓六七年了，單大師接手治療的當天，用意念控制她從床上起來，走到門口，又回去躺下。如此半年之後，治好了她的病。

這件事據說震驚了南非的副總統，副總統請單大師在官邸裡吃了飯。

孩子的爸爸從省城武漢開了四個多小時車趕到長陽縣，接上孩子後又開了三個多小時車趕到荊門，離襄陽還有一個多小時的時候，接到他那位姓汪的的朋友的電話。

姓汪的朋友告訴他，單大師測了一下，他搞不好，要他不用過來了。

孩子的爸爸帶著孩子正在高速上開車，他一下子開不動了。他把汽車停下來，停在高速路邊上。他趴在方向盤上，突然放聲大哭。

他哭得止不住，身邊的車輛一個一個從他的車邊呼嘯，他一點感覺也沒有。單大師都不能治，那誰能治？單大師都不能治，要放棄嗎？

他慢慢哭累了，聲音由大到小，後來他居然在高速公路上睡著了。

高速公路上川流不息的貨運大車居然沒有驚醒他。

他一下子累了。一下子垮了。

過了很久之後，警察來了。在孩子爸爸的汽車前面，有一輛貨車翻了。警察以為孩子爸爸的汽車裡面出了什麼事，敲開他的汽車窗戶，他在夢中還有淚痕。

你不要命了嗎？警察說。

這次差一點丟命的經歷讓兒子認為自己很崇高，很悲壯，沒想到孩子的奶奶對他大發脾氣。

兒子很委屈。

我不應該一直救孩子嗎？

你不應該。

我應該像他們那些家長一樣，放棄孩子嗎？

對。

兒子不相信這是奶奶說的話，奶奶是愛孫子的呀。

奶奶的兒子這個時候，已經又成了家，又有了一個漂亮聰明的女兒。

奶奶說，你應該有你自己的生活，你應該用更多的時間，去幹你自己的事，去愛你的女兒。

兒子明白孩子奶奶的意思，但是放棄自己的孩子，不治

了，就這麼停止，他甘心嗎？

他知道很多錢打了水漂。他知道這麼多年裡，他做了很多無用功，跑了很多冤枉路，見了很多冤枉人，流了很多冤枉淚。但是，他知道在黑暗的夜裡，黑暗的路中，哪裡會有一道金光嗎？

如果停止了，放棄了，這條金光就永遠不會出現了。

現在，孩子的奶奶都勸他了。

孩子的奶奶知道兒子捨不得，她要逼著他這麼做。

因為當年奶奶就是這麼做的。

奶奶的大兒子當年半聾半啞，到七歲的時候，說不清話，上不上學？奶奶和兒子現在的想法一樣，第一選擇也是讓老大上學。那個時候病情沒有確診，奶奶也是希望有奇跡，希望有個老師，或者一個神醫，一下子治好老大的病。

奶奶的殘疾兒子上學上到小學三年級，會寫自己的名字的時候，病情確診了，醫生說治不好了，不用再四處跑著治療了。奶奶就沒有讓大兒子繼續讀書了。

奶奶讓大兒子回家勞動。

奶奶把大兒子犧牲了。

奶奶讓十歲剛過的大兒子，讓一個半聾半啞的十歲多一點的兒子回到村裡，和她一起養活他的一個妹妹兩個弟弟。那個時候奶奶已經有了四個孩子，還沒生後面兩個孩子。

奶奶讓十歲多的殘疾孩子回來，沒有猶豫過嗎？她看著

她的殘疾兒子單薄著身子和村裡人一起幹活，沒心疼過嗎？

奶奶一開始不想讓大兒子到村裡幹重活，畢竟孩子還不到十一歲。他想讓大兒子學一點手藝，幹一點輕鬆的技術活。她給大兒子買了一套刨子斧子鋸子，想讓他學木匠。但是小小的半聾半啞的小夥子，居然看不起木匠。

他喜歡跟在有力氣的大人後面，犁田打草，幹大活。

奶奶對著他耳朵說，幹那活重，累啊！

大兒子說，不累！

殘疾大兒子對那種斧子刨子之類的小玩意，對輕鬆活沒有興趣，他拒絕學木匠活，開始跟著生產隊裡大人幹活，幹活還不說，他專喜歡幹最重的活。

著急擔心他的，只有奶奶。

殘疾大兒子很早學會了抽煙喝酒，奶奶不反對，一有空就找根煙給大兒子點上。

奶奶多年來，一直承讓犧牲了大兒子。但是，當時那種情況，不犧牲大兒子，怎麼辦呢？那可能會是另外一種結果，後面的幾個兒子女兒，上完中學後，全部回家務農。

那時候村裡的鄰居們就說，這一家幾個小夥子，將來長大了都是好勞力啊。

村子裡的人過了幾年以後，才明白奶奶的意圖。因為奶奶後面的幾個兒子不單沒有回村裡務農，讀書層次越來越高了。同村的孩子讀到初中大部分不讀了，但是奶奶的幾個孩

子，一直朝高處讀，不讀成不行。

　　村裡人看明白之後，圍繞奶奶的閒言碎語就來了。

　　那麼多孩子都不回來勞動，讓一個啞巴在屋裡勞動！

　　一大屋子人，靠一個殘疾人養活！

　　心腸狠！

　　一個殘疾人頂著拚命勞動，養活後面成串的兄弟姐妹，這個時間持續了多久？

　　這個半聾半啞的殘疾人，在村裡勞動的時候，剛好是「文革」後期一直到分田到戶這一段時間，也是中國農村最艱苦的時期。他從村裡記工分時期，一直忙到給自家種田地。在他忙碌幹活的過程中，他的母親，又生下來第五個孩子和第六個孩子。在他忙碌的過程中，兄弟姐妹們，一個一個上小學，上初中，上高中，上大學。

　　這個過程持續有接近二十年。

　　那個時候鎮中學和縣高中上學，學生們背著糧食去上交食堂。學校食堂裡面，只收純米純麵，不收雜糧、包穀和紅薯。殘疾老大把純糧給弟弟妹妹送去，把雜糧留下來自己吃，在他的思維裡面，弟弟妹妹們讀書，是分內的應該的，他勞動，也是分內的，應該的。他從來沒有覺得，他這麼做是吃虧的，是被利用的，是不應該的。

　　村子裡其他人不這麼認為。

　　殘疾老大身體越來越壯，青春期也來了。

村子裡和他同齡的人，一個小夥子結婚了，又一個小夥子結婚了。村裡有些人給他出主意了。

憑什麼你勞動養活他們？

你吃虧了！

你要留著錢，說媳婦！

你要分家！

你一個人養活那麼多人，你不要搞！

殘疾老大一開始不明白，他回家問他媽。時間長了，他有些聽信了，認為自己吃虧了。

這個時候，剛好是後面幾個孩子讀書讀到關鍵的時候，老三讀到高三，馬上要考大學；老四在全市重點高中讀高一，老五在讀初中三年級。馬上準備考全市重點高中。

一茬接一茬，正是一口氣都不能鬆的時候。

但是這個殘疾人生氣了，發怒了。殘疾人生氣發怒，一家人才一下子明白，原來殘疾人並不是可有可無的，原來殘疾人那麼重要。

他比平時想像的還要重要。

八

奶奶居然找到了對付孤獨症孫子大鬧的土辦法，有沒有道理呢？

孤獨症孩子最難對付的就是咬指頭的時候，他咬指頭像撕咬棉花，一塊一塊往外揪，往外扯，在那個時候，他的青筋在額頭跳動，眼睛通紅，大喊大叫。這個時候拿他有什麼辦法？孤獨症孩子曾經咬過幾個人，這幾個人就是在他咬指頭的時候去拉扯勸他，勸沒勸住，反而被他咬傷了。

　　奶奶有一回去按揉孩子的傷疤，這塊傷疤在拇指和食指之間的合谷穴這個位置。奶奶不懂中醫，她不知道這個地方叫合谷穴。她只知道心疼孫子。她在這個地方的傷疤位置按揉，孩子很配合。她覺得孩子很舒服，孩子也真的覺得很舒服。按的時間長了，孩子會咯咯發笑。

　　有一回孩子咬指頭，奶奶沒有辦法阻止他，突發奇想：能不能給他揉按一下呢？會不會強一點？

　　那一天孩子哭鬧時間長，給了奶奶一個試驗機會，奶奶去按他的合谷穴，先從手掌那一面開始，按著按著，孩子咬指頭的牙齒有些鬆動。他感覺有什麼不對，反正和原來不一樣，四周像有什麼東西在發生變化。他先停住咬指頭，像聽風聲聽鳥叫那樣，仔細地諦聽周圍的變化。

　　奶奶繼續按揉合谷穴，孩子的牙齒鬆開了。

　　奶奶有點興奮。

　　以後沒事的時候。奶奶就抓著孩子的指頭，慢慢按揉大拇指和食指之間的合谷穴。

　　她覺得孩子發脾氣的時候似乎比原來少些了。

她不敢確定自己是對的，把這個發現告訴了孩子的爺爺。

孩子的爺爺是個有心人。他查出這個地方是一個穴位，這個穴位叫合谷，對治療膽病肝病都有很大的作用，是不是能治孤獨症？他也沒有把握。但是一有空，只要和孩子在一起，他也和奶奶一樣，讓孩子坐在旁邊，慢慢給他揉按合谷穴。

他們把這個發現告訴孩子的爸爸，但是孩子的爸爸一開始並沒有引起注意。

兒子請教一位研究《黃帝內經》的郝老師，郝老師認為按揉合谷穴是有道理的，合谷穴是一個能量匯集穴位。五穀的能量谷氣在這裡匯集，按揉這個穴位對神志，對肝、膽、心竅都有很大的好處。

但是按合谷穴能治好孤獨症嗎？

中醫們都不敢完全肯定，大家都只說按揉合谷穴有益處。能治癒孤獨症？那可是要見效果有案例的。

好一點是一點吧，怎麼辦呢？沒有辦法的時候，眼睜睜地看著孩子咬指頭，怎麼辦？

那就只有忍耐了。

毫無辦法。

不去管他，站在旁邊看著眼前的事情硬生生地發生，看孩子哭鬧，咬手，牙上嘴上全是血，這個毫無能力發著呆的辦法就是辦法。

奶奶知道這一切。

因為奶奶經受這種折磨不是一天兩天了。奶奶有幾十年的經驗和教訓了。奶奶知道,除了忍耐和承受,除了眼睜睜地看著,你毫無辦法。

奶奶的殘疾大兒子就是例子。

當年奶奶的殘疾大兒子被村裡閒人挑撥,有一天突然對奶奶宣布,他不再養活弟弟妹妹,他要分家!

一個殘疾人要分家,他要和誰分呢?

當時奶奶的丈夫在三十里之外漢水水下游的一個鄉鎮中學教書,奶奶的其他幾個孩子都在外面讀書,村子裡奶奶家裡有三間土牆房一個偏廈,只有奶奶和老大住,現在殘疾老大要分家,和誰分?

要和奶奶分。

奶奶當然不同意。殘疾老大養活其他弟弟妹妹這麼多年,眼看快供養出去了,殘疾人卻要和這一家人分家,那怎麼行?

奶奶跑去和丈夫商量,丈夫也不同意。

殘疾人要和正常人分家,但是不明真相的外人卻會說正常人把殘疾人利用完了之後要把他趕出去。

奶奶不同意和殘疾兒子分家,殘疾兒子就大鬧。

奶奶的殘疾大兒子怎麼和奶奶作對呢?

他不幹活,天天睡覺,醒了也躺在床上不起來,炒一碗

乾豆放在床邊，餓了就吃。他早上能在茅廁蹲兩個小時。奶奶要他做早飯，他說「我不吃」，奶奶沒辦法；第二次開始，奶奶說：「不吃也要做！」；後來有一次奶奶氣得打他一巴掌，他也打奶奶一巴掌。反正就是這些雜七雜八的事。他還沒想明白，為什麼村裡那些混混兒們，好吃懶做的人，都說到了媳婦，他為什麼說不到？從小母親告訴他，那些不愛勞動的人，說不到媳婦，他這麼愛勞動，為什麼說不到媳婦？

有一天下大雨。漢水河西這一帶，夏天裡下大雨叫下白雨。天空白白亮亮，雨卻像盆子倒水一樣。那天白雨馬上要下下來了，奶奶在門口曬的麥子鋪得很開，搶不過來。奶奶喊殘疾大兒子幫忙，大兒子不理。奶奶急得大罵，他反而衝過來要打奶奶。

奶奶最後認了。大白雨馬上傾盆而下，奶奶一個人在搶收麥子。殘疾大兒子袖手站在雨地裡，眼看著奶奶一點一點掃麥子，眼看著奶奶一點一點往袋子裡裝麥子，眼看著大雨淋濕麥子，淋濕奶奶，他就是不幫忙。

奶奶在大雨中收麥子，她一開始急、氣、慌張地搶著收，但是大白雨不等她，大白雨鋪天蓋地地襲擊麥子和奶奶，麥子全濕了，泡在水裡。奶奶索性慢下來，她毫無辦法，反正已經這樣了。一個殘疾人倔強起來，你是沒有辦法的。你打不過他，罵他也沒用。你只有忍耐，只有眼看著大白雨把麥子淋濕。

你還不能氣，你越生氣他越高興。

事情還沒完。

奶奶不同意分家，殘疾大兒子就自己分。他認為他應該分一間房和偏廈，另外兩間給奶奶和其他弟弟妹妹。他對偏廈的布置，是一半睡覺，一半安鍋灶。

他在擅自挖牆的時候奶奶攔他，他準備動手打奶奶，剛好碰到奶奶的弟弟，也就是殘疾大兒子的舅舅路過，兩個人打了一架。

殘疾大兒子的舅舅是村裡的拖拉機手，在當時的村子裡，是個傳奇人物，可以挑著水騎自行車，可以把自行車鋸掉一支把單騎。殘疾老大打不過舅舅，挨揍了。

殘疾老大要打奶奶，殘疾老大的舅舅出手幫奶奶了。架打過之後，奶奶卻大哭起來。

奶奶想到殘疾老大的貢獻，想到殘疾老大的可憐，一直哭，一個殘疾人，他不懂事，他要鬧著分家，分家之後他怎麼生活呢？一個人過家，可不是只勞動、能幹重活粗活就行的。過一個家庭，要做飯，要洗衣，要要縫縫補補，要柴米油鹽，一個家，裡面的事可多啊。

但是殘疾老大不聽，他吵著鬧著，非要分家才行。

夏天裡的一個下午，奶奶的丈夫從幾十里外趕回來，處理殘疾老大分家的事。他們請來全村年紀最長的老爺爺，請

來隊長，請來村裡其他有威望的人，還有殘疾老大的舅舅，坐在門前的大榆樹下商量一個殘疾人分家的事。

殘疾人分家，在整個常家營村，在漢水河西這一帶，還沒聽說過。奶奶首先不同意，她坐在大樹下面一直哭，但是殘疾老大鬧著非要分，不分家的話事情會越鬧越大。隊裡村裡威望高的人見證，不是家裡趕他離開，是他自己要分家。

商量定了，生產隊最後問殘疾老大。

生產隊長說，老大，分了家就沒有人給你做飯了。

殘疾老大說，我自己做。

生產隊長說，你幹活回來，累，又做飯？

殘疾老大說，不要你管。

年紀最長的爺爺說，老大啊，沒有人給你洗衣裳啊。

殘疾老大說，我自己會洗啊。

那就分家吧。

奶奶躺在床上起不來，任由殘疾老大把偏廈和三間正屋之間的通道砌上，任由殘疾老大把偏廈又挖開一個小門，她眼看著糧食、油鹽、缸和罈子，一樣一樣分開，家裡一把新自行車，老大要走了。

很多事情，你只有由著它。天要下雨，娘要嫁人，兒子要不聽話，孫子要咬指頭。

殘疾大兒子要分家，讓他分吧。

大兒子分家以後，天天在外面遊蕩，天天都有一個東西

115

在扯著奶奶的心。

分家後的殘疾老大沒人管了，每天騎著自行車滿村滿鄉竄，村裡鄉裡只要有人提出給他介紹對象，他就幫人家幹活，後來全村人都在給他介紹對象，外村人也在給他介紹對象，他幹完一家又一家。他幫別人挑麥子，別人誇他能幹力氣大，他就挑著麥子跑，肩膀疼，還不知道歇著。

奶奶的心天天跟著大兒子跑，心每天懸著。大兒子在哪一家幹活，抽了幾支煙喝了幾兩酒吃的什麼菜，奶奶都知道。幾個月下來，大兒子的衣服破了，頭髮長得沒人剪，屋子裡亂七八糟。

奶奶每天擔心他，慢慢有了心口疼。

有一回殘疾大兒子從鎮上回來，在漢水邊劉家洲把一個破自行車撞倒了，對方出來三個小夥子向他索賠，把他的新自行車拿走，把舊自行車給他。奶奶知道後，找到鄉里，鄉里派人找到那個村子，把殘疾老大的新自行車換回來，但車鈴鐺已經被對方卸走。

但是殘疾老大不領情，他不要奶奶管。他每天在外面晃蕩，終於搞出一件大事。

殘疾老大把沈灣鄉中學德高望重的退休教師陳世恭打了。

這件事驚動了鄉鎮派出所，驚動了鄉鎮分管教育的鎮長和教育站領導，幾方面連夜召開緊急會議，最後做出的決定是由殘疾老大的爸爸帶著殘疾老大，在全校師生大會上給陳

116

世恭老師檢討,當場下跪。

　　一九八六年六月的一個陽光明媚的上午,漢水中游的榖城縣沈灣鄉中學召開師生大會,批鬥奶奶的殘疾大兒子。這件事驚動很大,附近村子裡的農民都跑來圍觀。前一天晚上,鄉派出所把殘疾老大先是手銬銬著,後用繩子捆著,留在學校裡。他們怕殘疾老大跑掉,或者發瘋再打人。

　　事情起因是什麼呢?這個退休的陳世恭老師,本來是奶奶丈夫孤獨症孩子的爺爺多年的朋友和同事,爺爺也姓陳,他經常喊陳世恭為大哥。爺爺每個週末從學校回來,都和陳世恭等幾個朋友一起喝酒。那天殘疾老大分家後逛到鄉中學,碰上陳世恭。他平常裡喊陳世恭叫伯伯。那天陳世恭和殘疾老大開玩笑,問他說媳婦沒,殘疾老大認為陳伯伯在譏笑他。他衝上去要打,但因為平時喊伯伯,並沒有真打。他拖著陳世恭在地上拖了七八米。

　　很多老師看見了,陳世恭臉上掛不住,報警了,派出所來人把殘疾老大抓了。

　　公開檢討,下跪,由教育代替司法,是當時教育站出面協調的一個辦法。

　　在開大會之前,爺爺專門和殘疾老大談。他對著殘疾老大耳朵說,如果他不下跪,就要帶上手銬,抓去坐牢。

　　在殘疾老大的接受範圍內,電影電視裡,都是壞人才戴手銬,坐牢。他嚇住了。經過一夜之後,他的衝動冷靜下來,

他覺得對不起陳伯伯。

在一九八六年六月那個陽光明媚的上午，幾百上千人圍觀了兩個殘疾人的臺上活動。老殘疾人念檢討書，青年殘疾人最後下跪。

在場的學生，所有的人，全部都站起來了，伸著脖子看。

有人哭了。

奶奶坐在屋門口。她拒絕到現場。她沒有辦法。她點不動紙煙了，她不知道該怎麼辦。

出事之後她拎著禮物去賠禮道歉，但是陳世恭拒絕她的禮物，也拒絕見她。殘疾孩子是她生的，是她養的，也是她教的，一切都是她的錯。

她不明白怎麼了，都不放過一個殘疾人。幾十年的交情，說翻臉就翻臉。她坐在大樹下，點煙點不著。她的手一直在抖，她的心口疼又犯了。她估摸著殘疾兒子下跪的時間，望著天上的太陽。

她知道她的殘疾兒子會下跪，他雖然殘疾，雖然聽不明白話的時候蠻橫，但是他是個膽小的好孩子，他是一個講理的善良的孩子。

殘疾大兒子和奶奶分家以後，奶奶每天還做他的飯，每天做好盛在桌子上，或者放在鍋裡。殘疾大兒子一開始拒絕吃，後來每次在外面閒逛回來，做飯太麻煩了，偶爾也揭開鍋吃。奶奶幫殘疾大兒子洗衣，他一開始不同意，還發脾氣

要打人，後來也認了。洗乾淨他就穿。大兒子無論在哪一家幫忙幹活，奶奶都跑去交代，注意安全，吃飽吃好，不喝多了。

奶奶的殘疾大兒子下跪的時候，在臺上坐著一排領導，有一個領導覺得不合適，畢竟是一個殘疾人，他起身準備去拉老大站起來，但是拉起來之後該怎麼辦他沒想好，他在臺上猶豫。臺下有很多站起來伸長脖子看的學生被臺上的學校領導訓斥。

看什麼看？看什麼看？

學生們紛紛坐回去。

奶奶從椅子上起來，會開完了，她要看看兒子現在怎麼樣。

九

奶奶在村口沒有等到大兒子，她的大兒子挨鬥下跪之後，消失了。

這次下跪事件，轟動了整個漢水中游河西的沈灣鄉，也刺激了殘疾老大，他終於明白了一件事，那就是他是一個殘疾人，他沒有資格找一個漂亮老婆。

這個別人眼中一眼即明的事，奶奶的殘疾老大卻用了這麼多年、花了這麼大的代價才明白。在此之前，他經常嘲笑

村裡那些懶人，嘲笑村裡那些不能幹活的青年。他經常照鏡子，經常對著鏡子梳理自己的頭髮，鏡子裡面一個魁梧的青年讓他自豪。他經常在挖麥冬和山藥的時候嘲笑那些無用的青年，他在挖麥冬和山藥的時候，起溝深，乾淨利落，不會傷害土地裡的寶貝，漢水沖積扇平原土地裡的麥冬和山藥是兩大寶，那些山地裡的麥冬和山藥，怎麼能比呢？

　　奶奶到村子裡挨家挨戶尋找老大，那些平時捉弄調戲殘疾老大的人家，紛紛躲開。在殘疾老大和奶奶分家後這一段時間裡，殘疾老大說媳婦的事一度成了村子裡一些人取笑的材料。那時候黑白電視剛剛興起，波浪頭剛剛興起，鄉村裡女士理髮店剛剛興起。照著電影電視裡的樣子，在街頭女子理髮店裡面燙一個波浪頭，是一種鄉村時尚。村子裡捉弄殘疾老大的那些年輕人，他們給老大出的壞主意，便是抬高他的擇偶標準，要他一定要找一個捲髮波浪頭的人當老婆。

　　殘疾老大聽真了。他認為自己很帥，他認為自己很會勞動，那他就應該找一個電影電視裡的街頭上的那種波浪頭姑娘。

　　村子裡有一個青年，本來是騙殘疾老大，告訴他往丹江口那個方向有個好姑娘看上老大了，他還帶老大去看過。結果老大認真了。老大每天把新自行車擦得黑亮黑亮的，解放鞋回力鞋洗得乾乾淨淨的，每天騎著自行車沿著漢水往上找。

　　老大當然找不到。

老大到丹江口去尋找一個捲髮波浪頭姑娘，一度成了全村的笑料。人們碰到老大，無論是端著碗，還是在門口喝茶，都會攔住問他。

老大，捲捲毛找到沒？

老大，波浪頭找到沒？

老大，波浪頭長得排場不排場？

殘疾老大很認真地回答他們，他尋找的過程，找到哪裡了，碰到誰了。哪一次自行車壞了，鏈子騎斷了；哪一次問到哪裡迷了路，等等。

人們哄堂大笑，他也開心地笑。

他不知道村子裡的人在拿他取樂。

殘疾老大在鄉中學裡當著上千人下了一次跪，他一下子明白了，他明白了他是一個殘疾人，他明白了他找不到好老婆，他明白了此前為什麼有人給他介紹一個禿子。他明白了他不應該當時大發脾氣，拒絕那個禿子，結果禿子很快也嫁人了。

他明白了另一個問題，單單勤勞能幹和長得帥是沒有用的。

他消失了。

奶奶在村子裡找不到老大，趕緊跑到幾十里外的另一個鄉鎮中學裡找到丈夫，丈夫連忙找來幾個大隊和小隊的生產

隊長，請他們在沿路各個村子尋找老大，最終都沒有找到。

奶奶每天就在門前大樹下和村口等。

她每天都不吃飯，她一定要等到大兒子出現。

特別痛苦的時候幾天不吃飯是奶奶沒有辦法的辦法，她吃不下。幾十年以後，奶奶到省城裡給三兒子帶孤獨症孫子，早上買早餐的時候，孫子跑丟了。奶奶很害怕很自責。她自責的辦法就是不吃飯。她要等到孫子出現再吃飯。

奶奶在省城裡丟了孫子之後，每天在屋子裡面枯坐。她坐在那裡，一陣子發呆自責，一陣子祈禱念佛。四天以後，一直不吃飯的奶奶突然開始買菜洗菜，等她炒好菜，孫子也找到了。

孫子趕到屋子裡，像什麼事沒發生一樣，開始大吃大喝。

發生了什麼事？他丟了。一個孤獨症孩子丟了，驚動了全城，驚動了報紙，電視，一一○警務平臺，公交司機，派出所，兒童福利院。他的爸爸，叔叔，幾天幾夜不睡覺，不吃飯，滿城找他，他知道嗎？

他不知道。

奶奶在給孫子按揉合谷穴的時候，經常想，這個孫子還不明白自己是有病的，他不明白，他就是幸福的。就像當年她的殘疾大兒子，他一直認為自己很帥很能幹，那個時候，他是幸福的，快樂的。

奶奶過了幾十年，折磨自己的方式卻沒有變化，沒有進

步，那就是不吃飯。

當年奶奶不吃飯，村子裡好心人都來勸奶奶。他們幫奶奶分析各種可能。

去找那個捲毛波浪頭去了？

去哪裡幫忙脫坯蓋房子去了？

漢水的魚佬們最近有沒有撈著屍體？

鄉道上的拖拉機手們，最近有沒有碰死一頭豬？

如果你丟過孩子，等過孩子，你就會明白奶奶，她在等待她的殘疾兒子的時候，一切都是從他的缺陷這個方面想。包括多年以後，她在省城等孫子的時候，也是這樣。

幾十年以後奶奶在省城等孫子的某一天，她在報攤上買報紙，她的兒子在另一個地方的報攤也在買報紙，他們都不約而同地朝「尋人啟事」看，朝認屍內容看。有一個認屍啟事，屍體模糊不清了，奶奶一直在辨認，兒子也不知道看了多少遍。後來他們的兩張報紙放在一起了，但都掩飾著，不讓自己表現出來。

幾十年前呢？幾十年前奶奶等人等兒子也是這樣。當時過了一個星期之後，奶奶的殘疾大兒子回來了，臉上身上帶傷，衣服髒亂，鞋子全破了。他的寶貝自行車不見了。

奶奶的大兒子這一個多星期到哪裡去了？他的自行車如何丟的？在哪裡丟的？始終是個謎。事後據奶奶的第三個兒

子講，其中的某一天，他在校門口看見殘疾大兒子了。

奶奶的三兒子確實碰到大兒子了。

三兒子正在讀高三，衝刺高考。某一天他走出校門，突然看見哥哥，吃了一驚。

你怎麼到這兒來了？

三兒子看見殘疾老大神情落寞，自行車也沒有了。他不明白哥哥是如何找到學校來的，來這裡幹什麼。那是一個下午，天氣有點陰沉，四周一片烏烏的樣子。三兒子這個時候還不明白家裡發生了什麼事，他長期住校，有幾個月沒有回去了。他不知道大哥和家裡已經分家，不知道大哥居然在他讀過書的鄉中學當眾下跪。

你怎麼找來的？你來幹什麼？

殘疾大兒子怎麼找到三兒子的學校？他曾經送過幾回糧食給三兒子，但是縣城中學那條路，交錯嘈雜，並不是很好記。據殘疾老大事後說，他就跟著背書包的學生走，有學生的地方只有那麼幾個，他在學校門口等，盯著每一個出來的學生看，終於等到弟弟。

如果弟弟一直不出校門怎麼辦？

如果弟弟出了校門他沒看見怎麼辦？

他在校門口待了多久？白天盯著看，晚上怎麼辦？

一個半聾半啞的人，他無法說清，別人永遠想像不出來。

三兒子不知道家裡發生了什麼事，他掏出一張紙寫了一

個條子，讓大哥帶給母親，紙條上寫的意思是不讓大哥單獨跑。上課鈴聲馬上響了，三兒子顧不得多說，跑進學校裡面上課去了。

殘疾老大又消失了。

時間不長，碰上一個農曆節氣，幾個兄弟都從學校趕回老家，才知道發生了什麼事。幾兄弟站在大哥分家新挖開的門前哭了。

當天晚上，奶奶又請來了村裡年紀最長的爺爺，生產隊長，所有當初分家時在場的那些德高望重的人，宣布不再分家，合家。原來挖開的門現在封上，原來砌上的通道現場扒開。當天晚上，殺了一頭豬，一群人圍著大吃。舅舅趕過來，坐在殘疾老大邊上給他敬酒，殘疾老大也給舅舅敬酒，兩個人相互敬一碗和好。

殘疾老大分家的事就結束了。

＋

孤獨症孫子在培訓中心學習開口說話一共學了多少年？奶奶記不清了。她只記得一年又一年，一月又一月，一天又一天。

孤獨症孫子在培訓中心上學的每一天大體上是這麼度過的。早上起床，上午下午上上課，下午下課後坐公交車去看

中醫，不看中醫的時候，在培訓中心附近的租房內，培訓生活技能。

　　培訓中心的老師對著孤獨症學生，用手調整著口形。嘴唇怎麼動，下巴怎麼動。

　　爸——爸，

　　媽——媽，

　　我——們，

　　學——校，

　　……

　　學校裡，在每一個格子間裡面，一個老師，一個學生。這種語言訓練需要一對一教學。這個叫啟慧的培訓中心，收了大約六七十個學生，招了大約四十五個老師。老師的數量比學生少不了多少，是這種類型的培訓中心的特點。

　　爸——爸

　　不是波——波！

　　不是爸——波！

　　不是波——爸，

　　對，爸爸，來，對，爸爸。

　　你拿著一包花生，拿著一塊石頭，你每天對著它說話，對著它演講，等你把一包花生說得發了芽，等你把一塊石頭講得開了花，那你就成功了。你下面的聽眾就會服你。這是四處流行的演講理論，據說培養了很多演講高手。

這是什麼狗屁理論。

讓那些演說高手到孤獨症培訓中心來吧。他們不需要面對花生和石頭，他們只需要面對孤獨症孩子。他們不需要萬千聽眾，他們只需要面對一個人。

很多培訓孤獨症孩子的老師們一到晚上都有些瘋狂的舉動，他們會跑到江邊去大喊大叫，或者在某一個建築物上對著天空狂吼。他們中有很多人原先是熱心青年，愛心大使。他們看到孤獨症孩子不會說話，會痛心和流淚。他們留下來，想用愛心來感化一塊塊石頭，想用愛心來牽引一個個來自星星的孩子，回到這個社會。但是他們大多數最後帶著失敗和沮喪離開。

他們不明白，一個普通孩子正常的語言技能，這些孩子一千遍一萬遍怎麼學不會。

當孤獨症培訓中心的老師一段時間後，有抑鬱傾向，是很正常的一件事，你面對的一群孩子，那麼小，那麼可愛，但是卻不知道希望和方向在哪裡。

一個上午。每個教室都傳來一聲一聲的，腔調變形的，急切的，急促的，故意舒緩的，聲嘶力竭的，不可理喻的聲音。

爸爸，

媽媽，

我愛爸爸，

我愛春天……

中午吃飯。

在奶奶的孫子上學的這個孤獨症培訓中心，五六十個學生，來自七八個省份。在我們這個國家，目前還沒有一所官辦的孤獨症培訓學校。因為孤獨症孩子畢竟是少數，對某個地區來說，那個地方的孤獨症孩子不足以湊成一個學校，任何一個地方的財政，都不會自己辦一所學校只有幾個本地學生，而大部分學生來自外地。但是這種患病的孩子，他們從四面八方匯集起來，就構成了一個小型學校。

但是這種地方不能叫學校，它沒有編制，在教育主管部門的體制裡面無法註冊。

奶奶的孫子去的這家培訓中心就是這樣。它在教育部門無法掛號，只在工商部門註了冊。這個培訓中心的老師們，也是無法拿到相關資質的，因為我們國家，還沒有孤獨症培訓方面的資質。

奶奶的孫子剛進去的時候，是最小的學生，後來他一年年讀，成了年紀最大的學生。他的同學們，換了一批又一批。那些南來北往的省份的家長們，帶著孩子來培訓，一個階段不見效果之後，他們又帶著孩子離開。

會開口說話的人是幸福的。

如果你在這種孤獨症培訓中心待上一天，你會覺得這個世界上處處是奇人。那些能夠開口說話的人都本領異常，幸

福無比。

奶奶的三兒子——孤獨症孩子的爸爸——在孤獨症培訓中心待了一天之後，發現自己出了問題。他出現了幻覺。爸爸。爸—爸。爸——爸。這種對語言的拆解和頓挫影響了他和世界的關係，影響了他觀察世界。他在長江邊，怎麼覺得天空的燕子飛得不對勁，一隻一隻飛，一前一後飛，牽牽扯扯、拉拉碰碰的飛。再一看，原來根本沒有燕子，縈繞在他前後的那些人類最基本的語言，都變成燕子，變成鳥，在空中飛。

爸爸——這是兩隻挨得很近的鳥。

爸—爸——這是兩隻隔得比較遠的鳥。

爸——爸——這是兩隻隔得更遠的鳥。

爸爸你好——四隻鳥，三個品種，距離隔得很近。

…………

孤獨症孩子的嘴裡飛不出幾隻鳥，他們嘴裡的鳥都縮到肚子裡去了，在遮天遮日的黑暗裡。

十一

二○○六年夏天，奶奶帶著孤獨症的孫子回老家住，剛好那年奶奶的三兒子在襄陽市區做一個項目。有一個晚上，奶奶的兒子開車趕回老家看孤獨症孩子，剛好看見了孩子咬

指頭。孩子邊咬邊哭，奶奶的兒子心疼不過，又毫無辦法，也坐在椅子上陪著孩子哭。

但是他在襄陽市區裡的項目急著需要他，他連夜趕回去了。

從奶奶住的漢水中游冷集小鎮趕到襄陽市區，過去要大半天，現在修了高速公路，算上進城時間，也要兩三個小時。奶奶的兒子前一天夜裡趕回襄陽市區之後，第二天夜裡，又開車回到老家小鎮。

他白天裡工作，夜裡跑。他放不下兒子。

前一天晚上往市區趕的時候，他邊開車邊流淚。第二天白天他工作精神很差。他白天連續給老家打了幾個電話，奶奶告訴他，說孩子已經好了，恢復正常了，但他放心不下。夜裡項目組開會，開完會已經很晚了，他又趕回去看兒子。

奶奶生氣了。

奶奶不開門。

奶奶說，你回來幹什麼？

兒子說，我回來看孩子。

奶奶說，孩子已經睡了，你回去吧。

兒子說，你開門，我看一眼就走。

奶奶不開門。

奶奶說，你覺得我們帶不好？

兒子說，不是。

奶奶說，那你想每天把孩子帶在身邊？一邊工作一邊教他拉屎拉尿，教他說話？

兒子沉默不語。

奶奶越說越氣。一個大男人，夜裡不停地跑，這麼多年，還哭鼻子，這讓奶奶看不上。

你這麼跑，還要命嗎？奶奶在裡面說。

你夜裡開車不怕出事嗎？

你如果天天和一個保姆一樣，和一個老人一樣帶孩子，國家培養你幹什麼？你讀那麼多書幹什麼？

兒子回答不了。道理他都明白。他只想看一眼孩子，哪怕在睡夢中。他只看一眼就走。

但是奶奶不讓他進門。

奶奶的兒子有一次在高速公路上開車，出現了幻覺，他感覺高速公路的盡頭，和天空連接在一起，他的車不是在路上開，而是在往天上開。他看見前面天空上有一架飛機，他準備坐到飛機上。

他看見的飛機，是高速上的一輛貨車。

他差一點開到貨車的肚子裡面去了。

就在他差一點鑽進貨車肚子的那一剎那，他一下子清醒了。他打轉車頭，弧形飛過那輛貨車。

他撿了一條命。

他把車停到高速公路邊，他嚇得衣服全濕了。他望著天，

一遍一遍告誡自己，不能再想兒子這件事了。要放下了。

放下什麼？

孩子丟了，放下，不找了？假裝孩子沒丟，或者根本沒生過這個孩子？

孩子看中醫，沒治好，不看了，回去，假裝這個世界上沒有醫生，假裝從來就沒有看過醫生？

孩子上培訓學校，還沒開口，那不上了？又省錢又省心，假裝這個世界上根本就沒有這種學校？

乾脆就假裝這個世界上根本就沒有這種病。

放棄？

不放棄？

在放棄和不放棄這個問題上，奶奶的兒子猶豫過很多遍，也猶豫過很多年。但是一次又一次，不放棄占了上風。

孤獨症孩子十歲的時候丟了一次之後，十二歲的時候又丟了一次。那一次，奶奶的兒子正在一個茶社裡寫一篇文章。

他告訴自己要沉住氣，他告訴自己必須把這一篇文章寫完再走。他看看窗外。他注意到一片黃色的法國梧桐葉子在往地下飄。他覺得那片即將落地的葉子就是自己的孩子。

他強忍著不起身，但是他已經在打電話了。他打電話給了兩家報社，一家電視臺，他打電話給弟弟，他打電話給一一○警務平臺。

在大城市裡丟過孩子又找到的人，會有一種經驗。他們

知道這個看起來嘈嘈雜雜的世界背後，有很多無形的東西，這個無形的東西叫系統。城市的公共系統。一個人學會利用公共系統，就不會成為一個無頭蒼蠅，四處亂撞。

奶奶的兒子在平靜中離開茶社，緩緩地去開車。

他再一次找到了孩子。

但是事後他自責的，也正是自己這一點。你為什麼那麼慢？你要把孩子放棄了嗎？

他一遍一遍地問自己。

人在深夜裡反覆問自己，會把自己問出問題來，問出愧疚來。似乎必須要奔奔忙忙，必須要捨著性命才行，因為那是孩子，孤獨症孩子，殘疾孩子。

十二

奶奶和兒子都忘不了二〇〇六年夏天那個深夜裡門前和門後的那場對話。

奶奶站在客廳門背後和門外的兒子對話，她聽到臥室裡面殘疾爺爺起床和下床的聲音。她知道殘疾爺爺下床後要走到客廳來。但是只有十平方米不到的臥室，殘疾爺爺走過來打開臥室門，卻用了很長時間。他的腳步不是在走，而是在拖。他到八十歲的時候，腳板上長了腳釘，也就是雞眼，疼痛難忍，這對他幾十年的拐腳跛腿來說，是雪上加霜。

門外的兒子要進來，奶奶不開門。客廳燈開著，連著客廳的有三個小臥室。屋子裡面除了奶奶，還有三個殘疾人。奶奶的殘疾大兒子睡在頂頭一間，他現在是鎮中學的食堂飼養員，他的工作任務是每天把食堂裡打掃出來的剩飯餵豬，他餵了幾十頭豬，每年過年殺掉給老師們分肉。奶奶和另外兩個殘疾人，也就是殘疾爺爺和孤獨症孫子睡在中間，另外一間空著，供偶爾回老家的其他兒女住。

　　殘疾爺爺拖著腿腳疲疲沓沓走過來，打開臥室門，他想弄明白怎麼一回事。

　　他才明白兒子深夜裡又趕回來了。

　　他才明白兒子又在牽掛孤獨症孫子。

　　殘疾爺爺和奶奶一樣，認為兒子不應該這麼辛苦奔波，但是既然這麼晚已經回來了，應該讓他進屋。讓他看看孩子，睡一覺，明天早上走。

　　奶奶不同意。

　　你想回來帶孩子嗎？奶奶說，你不要搞這些事，這不是你搞的事。

　　起床，訓練穿衣，訓練刷牙，訓練吃飯，訓練拉屎拉尿，一直到訓練說話，所有這些事情，都要訓練。

　　奶奶知道兒子搞不了這種事。

　　這就和當年她知道孤獨症孩子的爺爺該搞什麼事不該搞什麼事一個樣。上天讓哪些人搞哪些事，都是有安排的。

　　當年奶奶家裡有八人,她和六個孩子住在農村,讓爺爺一個人住在另一個鄉鎮中學裡教書,這種結構維持了二十多年。她不讓爺爺輕易回家,不讓爺爺到農村的田地裡幹活,理由很簡單,爺爺是個殘疾人,最重要的是,爺爺是個教書的人。

　　一個殘疾人,一個教書匠,他不是搞農活的人。

　　在漢水河最忙碌的「雙搶」季節,在芒種和立夏這段時間,殘疾爺爺騎著自行車趕回去,他想幫忙勞動,奶奶也不讓他沾手。她最多讓他做做飯,燒茶水,燒好茶水之後用盆子涼在門前大榆樹下面,家裡孩子喝,過路人也喝。

　　你的任務是教好書,奶奶說殘疾爺爺。

　　殘疾爺爺就聽奶奶的話,教好書。

　　一個鄉村的殘疾老師,一生能幹多大的事呢?

　　那看怎麼說。

　　在漢水中游的河西這一帶,奶奶家裡的殘疾爺爺也是一個傳奇。在中國「文革」和「文革」後大批民辦老師的這個時期,一個殘疾人卻在這一帶一直當一個鄉所有小學的大校長。他不單教小學生,還教民辦老師們,他創造了一套「三輪四」教學法和鄉村教育心理學,上過省教育報。

　　現在,門外面站著他們的第三個兒子。爺爺保持沉默。奶奶長久地堅持著,不讓她的第三個兒子進屋。

　　奶奶有六個孩子,四男二女。但是第六個孩子很偶然。

第六個孩子是國家頒布計劃生育政策以後，奶奶去生產隊結紮以後又生的。都結了紮了，怎麼又生得了孩子？用科學的說法，是結紮手術沒做好，用奶奶和漢水河西這一帶的說法，說母豬沒劁好，照樣生豬娃，這不是很正常嗎？

　　但是第六個孩子和前面五個年齡隔得很遠，很長一段時間裡，奶奶就以為這一輩子只有五個孩子了。這五個孩子，就是奶奶的五個指頭。其中奶奶寄希望最大也是最恨的，就是站在門外的第三個指頭，孤獨症孩子的爸爸。

　　第三根指頭最長，那一定最有出息？那不一定。

　　奶奶嫁給殘疾爺爺是在爺爺身上賭命運，但是他們結婚僅僅幾年後，碰上「文化大革命」，爺爺從一九六六年開始挨整，一直被整到一九七八年，總共十二年。眼看著在爺爺身上賭命運希望不大，奶奶就在孩子們身上賭命運，但是大兒子又是個殘疾。第二個孩子是個女孩子，奶奶轉移方向，賭第三根第四根指頭。剛好第三個指頭成績特別好，聰明早慧，那就先賭他。把一個家庭的希望，把兩代人的希望，先押在他身上。

　　第三根指頭曾經聰明到什麼程度？他上小學的時候會心算，全村裡的人到丹江口或者漢水對岸的江山兵工廠賣菜，都願意帶上他。那個時候還沒有計算器，全社會最流行的是史豐收的的快速計算法。第三個指頭吃透了史豐收的方法，計算數字特別快，他曾經和村裡會打算盤的會計一起比賽，

很長一段時間裡，這五個孩子，就是奶奶的五個指頭

算盤次次輸給他。村民們帶他去賣菜，菜一秤，幾斤幾兩，幾角幾分，他口算就出來了。丹江口和江山兵工廠那些城裡人不相信，用筆在紙上比劃半天，結果一樣，個個佩服他。

第三個指頭幫村裡人賣菜算帳，村裡人把烙好的饃分給他吃，他從小因此吃了不少烙饃。

從小學到鄉中學，到全鄉、全鎮去拿獎的，全村往往是兩個人，第三根指頭，第四根指頭。

數學競賽獎，作文競賽獎，朗讀比賽獎，三好學生獎。

那個時候，全國出了一個天才少年，叫寧鉑。這個寧鉑在上小學的時候曾經下象棋把國家副總理方毅下輸了，得到了副總理的稱讚，後來上了少年科技大學，轟動一時。奶奶就在想，第三個指頭，能不能像寧天才一樣呢？

首先奶奶想讓第三根指頭跳級，在一個暑假裡面，第三指頭開始學習上一個年級的課程，但是新學期開學後，他去上個年級上了幾天，感覺還是跨度太快，只好作罷。他曾經自認為發明了一個數學定理，他寫信把他發明的這個定理寄給幾十里外教中學的父親，他父親大吃一驚，趕緊找來幾個數學老師一起論證。

他的這個所謂的數學定理，在小學的知識裡面，計算起來較快，但是進入中學，用字母代替數字之後，這個定理價值不大了。幾個數學老師綜合分析後給他回覆。

總的說來，第三根指頭在當年的漢水中游河西那一帶鄉

村，是一個少年明星。

但是沒想到，這個少年明星在後來的人生中麻煩不斷，坎坷波折。光是高考就迂迴盤旋，好不容易發展到省城，婚姻出了問題不說，還有了一個孤獨症的孩子。

十三

那個令人難忘的夏天深夜裡，兒子站在門外。他忽然意識到屋子裡除了奶奶，另外三個剛好都是殘疾人。他意識到這個的時候他呆住了。他從那一刻忽然明白了他的母親，孤獨症孩子的奶奶，一生都在和殘疾人打交道。

殘疾爺爺拖沓著腳步從臥室走到客廳，他身上的酒氣才散，這讓奶奶不滿。奶奶改造殘疾爺爺改造了一輩子，喝酒這一點始終沒有改過來。殘疾爺爺八十歲的時候，白天還可以喝三碗白酒，到後來八十六歲，每天還要喝兩碗。

奶奶當年認為殘疾爺爺沒有酒品。怎麼叫沒有酒品？你大小也是一個鄉的大校長，到鄉村裡，誰家喊喝酒他都去。生產隊長，鄰居，民辦教師，會計，紅白喜事，一喊就去，一喝就醉。一醉就爛如泥。

奶奶曾經在殘疾爺爺喝醉酒之後罵他。

奶奶說，喝醉酒的人，卑鄙無恥。

殘疾爺爺迷糊著說，嗯，卑鄙無恥。

奶奶說，喝醉酒的人，沒出息。

殘疾爺爺嗯著說，嗯，沒出息。

奶奶變著法子罵了幾十年，殘疾爺爺後悔了幾十年，但就是改不了。

殘疾爺爺不單平時喝，在學校附近村子裡喝，和學生家長喝，回家庭所在的村子喝，還在挨鬥期間喝，挨完鬥喝，受對手的氣之後喝。

一九七四年在沈灣鄉開萬人大會批鬥殘疾爺爺那個冬天，早上殘疾爺爺和押送他的炊事員從冷集起早步行幾個小時到沈灣鄉，沒吃早飯，他要求先吃一碗炒飯先喝一碗酒再挨鬥。冬天裡趕得早，天氣太冷了。

上面頭目們滿足了他的要求。

萬人大會之後，又在各小學遊鬥。有一回在劉家洲批鬥他，鬥完之後，他跑到一個姓馬的表姐家，站在門口喊門。

這位大姐是奶奶的堂表姐，正在屋裡幹活。

殘疾爺爺站在門口的大太陽下面，喊，馬大哥馬大姐，我是一個挨鬥的人，你們怕連累嗎？如果不怕連累，天熱了，我進來喝碗水。

屋裡的大哥大姐聽到了，連忙出來迎接，嘴裡說，兵荒馬亂的，挨個鬥有啥事啊。

殘疾爺爺被迎進屋，不單喝了水，還喝了酒，並且喝醉了。

殘疾爺爺酒量不錯，但是控制力不行，經不住勸，一喝就醉。醉在酒桌上，醉在床上，醉了騎自行車，醉倒在下雪的田地裡。各種事都發生過。

一九九二年發生的一次喝酒事件讓奶奶最絕望。

一九九二年殘疾爺爺即將退休，退出領導職位，接替他職位的人是他原來的部下，天天和他過不去。殘疾爺爺一生無威，人緣太好，新領導姓黃，想通過整他來建立威信。當時所謂的整人，事後看全是小事。比如開領導班子會不通知他，經常在大會上點他的名，只給他們一家安電表收電費，不允許他們家養雞……這些小事，等等。

當時奶奶的兒子第三根指頭在武漢上大學，他的中學同班同學在縣裡給一位官員當秘書，奶奶給第三根指頭寫信，第三跟指頭又給同學寫信，希望協調解決一些矛盾。

當時沒有私人電話，公共電話傳達不到位，奶奶跑到省城去找兒子商量辦法，在她離開家裡到省城的時候，家裡出事了。

殘疾爺爺的繼任黃領導平時威風，但是卻怕奶奶，奶奶一翻臉，公開在院子裡面罵，讓黃領導很沒有面子。黃領導趁奶奶到省城，組織全校學生，強行給殘疾爺爺搬家。搬到哪裡？他讓殘疾爺爺住到另外一個村級小學。他認為中心校區裡，只有他一個領導。

家裡面亂七八糟的東西都堆在那個村級小學的走廊裡。

奶奶從省城趕回來，才知道家被強行搬了。她趕到那個村級小學，除了看到走廊裡堆著的亂七八糟的物件外，還看到了殘疾爺爺。殘疾爺爺在幹什麼呢？

殘疾爺爺被那個村小學的一個民辦老師和村裡的會計拉去，正在喝酒！

奶奶站在他們喝酒的那一家門口哭起來。

奶奶說，天都快塌下來啊，你還有心思喝酒嗎？

奶奶說，你這個沒狼氣的東西，人家欺負你，家都給你搬了，你還有心思喝酒嗎？

奶奶和殘疾爺爺大吵大鬧，她要和殘疾爺爺離婚，這麼一個沒狼氣的人，跟他有什麼意思？

沒有狼氣，在漢水中游河西那一帶，是什麼意思呢？它不止一個意思，大體上是沒有狼氣，沒有用，不能幹，懦弱，這一類的意思。

奶奶那次和爺爺鬧了很久，最後上級部門出面協調，爺爺又多次賠禮道歉，奶奶才作罷。

十四

當年的少年明星站在門外，屋子裡的奶奶不讓他進。他們是母子，也是多年的死對頭。

一個孩子，你要想折磨你母親，最好的辦法就是失敗或

第二部分

者變壞。你在她心靈最深的地方瓦解她，捅一刀，一招致命。

你在她心靈最深的地方下手，讓她天天疼痛。

因為你是她的指頭。因為十指連心。

奶奶把殘疾兒子犧牲了，讓他早早回家勞動，又讓二女兒早早參加工作自謀生路，就是為了保三兒子四兒子，首當其衝是三兒子。那時候全社會興考大學，在當時的鄉村，考上一個大學是全村要敲鑼打鼓的事，多榮耀啊。

在三兒子四兒子上小學的時候，奶奶和殘疾爺爺就制定計劃，家裡必須要考上兩個大學生，所有的事情都要為這個目標讓路。這兩個大學生，當然是老三老四。為了這個目標，放暑假的時候，不管家裡多忙，老三和老四是不參加勞動的。他們有資格不幹活，因為他們成績好。成績好壓倒一切。成績不好天天幹活也沒有用，照樣挨罵。

老三快上高中三年級了，奶奶家裡眼看要出去一個大學生了，老三卻出事了。

一九八六年秋天，漢水中游正是挖麥冬的季節，老三扛著行李從縣城趕回老家來了。原來，老三在學校裡給一個女學生寫情書，班主任把情書當著全班念了。班主任要把他當反面典型嚴重責罰，差一點開除，後來改成休學一年，回家休養來了。

奶奶氣瘋了。

奶奶脾氣大。奶奶為很多事和人吵過拼過氣過，但是那

143

些所謂的生氣，和這一次兒子休學回家，怎麼能比呢？

一九七四年殘疾爺爺挨鬥開萬人大會，那該氣吧。

一九六六年突然把一個殘疾人打成「現行反革命」，說他反對北京的領袖，那該氣吧。

一九六五年大兒子被村裡那個赤腳醫生打針打聾了，那該氣吧。

但是所有這些，都無法和奶奶的三兒子休學這次比。一個少年明星兒子，一個口算專家，一個不斷獲獎的希望之星，早戀了，處罰了，休學了。

奶奶有點手足無措。

奶奶氣得一下子沒有了主張，甚至在短期內看不出她在生氣。

她想不到什麼辦法來處理自己的兒子。

麥冬挖過之後，她帶著幾歲的小女兒，離家出走了。

奶奶走了很久之後，人們才明白她離家出走了。

奶奶走之前沒有什麼徵兆。那天還餵了豬，打掃了門前場院裡的樹葉，還拎著籃子到池塘邊給殘疾老大洗了衣裳。然後她帶著第六個孩子——最小的女兒——離開了。一天，兩天，三天。週末殘疾爺爺從單位回來，才知道奶奶走了。

在奶奶家斜對面，曾經出走過一個中年婦女。這個中年婦女是一個叫少波的小夥子的媽。少波媽在村子裡能說會道，少波爹卻沉默寡言，少波媽經常訓斥丈夫，罵他無用。

少波媽在江山兵工廠附近給一個江蘇的建築隊洗衣裳做飯幹雜工，認識了一個包工頭，然後帶著最小的女兒跟著包工頭跑了。

奶奶也帶著最小的女兒走了，會不會不回來？

全家都這麼想，又都不敢說破。

一九八六年秋天，在整個漢水河西收穫麥冬的季節，常五姐——後來孤獨症孩子的奶奶——帶著女兒出走了。她的出走讓她的第三個兒子——第三根指頭——在一夜之間長大。他希望有人來罵他打他，但是沒有，所有的人都是沉默。那個罵他打他的人已經走了。

在三間土牆房裡，在晚上昏黃的燈光下，一家人一晚上一晚上集體沉默。第三根指頭在沉默中不知所措，在沉默中醒悟。在沉默中，他明白了其實人間最簡單的道理——孩子失敗了，戳的最痛的，是父母的心。

特別是他們這個有兩個殘疾人的大家庭。

但是時光已經倒不回去了。

十五

屋子裡的兩個老人各自坐著，長久地不說話或者偶爾有一句沒一句地說話是他們現在的常態。

兒子要求進來看一下孤獨症孩子。

奶奶不同意。

開門！

不開！

我只看一下兒子就走！

不行！

奶奶和殘疾爺爺住在鎮小學院子裡，一樓，門口是花草圃，花草圃往外走，是學校裡的環形操場，操場外面是圍著的院牆，院牆外面是荷田和稻田，稻田往更遠的地方走，是漢水。外面是月亮，是成片成片的蛙聲。

奶奶的三兒子在門口站了很久，他喊不開門。他退到學校的環形操場裡，望著天空。開了兩三個小時的車從襄陽市區趕回來，不看一下兒子就走，要他馬上離開，他不甘心。

屋裡面有他不會說話的兒子，這個兒子至今是他的心病，天天讓他心痛。

屋裡面有他的母親。他不是一個有出息的好兒子，這讓他母親心痛。

你的兒子治不好了，奶奶說。

什麼？

你說什麼？

殘疾爺爺想去攔奶奶，奶奶說話太直了。幾十年來，奶奶總是得罪人，就是因為說話直。

你的兒子治不好了，一輩子就這個樣了，奶奶說，你不

146

要再瞎費勁，奶奶索性直說。

門外的人僵住不動。

你如果還在四處亂跑，你還認為有哪個神仙會出來讓他說話，你就在欺騙自己，奶奶說。

奶奶歎口氣。

她聽到門外的抽泣聲。

很久很久，門裡門外都不說話。

爺爺去倒開水。

這孩子多有福啊，奶奶說。

這孩子有福，是奶奶經常掛在嘴邊的話。奶奶在家裡的小壁櫥間裡面供著佛堂，她每次燒完香出來，都會自言自語，說孩子有福。

殘疾爺爺喝著開水。他認為應該讓兒子進來說，讓他看一眼孩子再走。治得好治不好，那是後面的事。

奶奶對殘疾爺爺這種和稀泥的態度非常不滿。殘疾爺爺被奶奶訓了一頓，端著杯子，拖拖沓沓進了臥室。但他並沒有睡，他坐在床邊。孩子的手伸在外面，他把孩子的手拿過來，輕輕地按揉拇指和食指之間的那個合谷穴。殘疾爺爺每天陪孩子睡，孩子睡夢中手都在他的手裡，無論白天黑夜，只要一有空他就給孩子按揉合谷穴。

殘疾爺爺邊按合谷穴邊想奶奶的話，既然治不好，還要我天天按手幹什麼？

你的兒子治不好了，奶奶提高聲音說。

我最近準備到武當山去求一下真武祖師爺，三兒子在門外說。

不要去了。奶奶說。

為什麼不要去了？我去，我這是最後一次，兒子說。

你有多少個最後一次了？奶奶說。

多少個最後一次，誰都不記得了。每次都說這是最後一次，但每次都不是最後一次。

那你幫我一個忙，奶奶說。

什麼忙？兒子問。

你爸爸這條腿不好，你知道，你幫我找個人把他治一下，奶奶說。

他，他這有幾十年了啊，兒子說。

幾十年了為什麼不能治？奶奶說。

兒子沉默。

我們原來條件差，沒錢治，現在你們都出去了，都工作了，我們的退休費用不完，我準備給你爸爸治，奶奶故意說。

他這個，治不了了，兒子說。

你必須幫我，你不幫我，你就不孝順，奶奶故意大聲說。殘疾爺爺又拖拖沓沓往外走。誰在說他的腿？他的腿怎麼了？

殘疾爺爺拖著腿往外走。這條腿能跟著他活到八十多歲，真是一個奇跡。這條腿傷了七十多年了，那時候他只有

幾歲，躲避日本人追擊，叫「逃老日」。他藏在一棵樹上，摔下來的時候受傷了。受的什麼傷呢？說起來真可笑，就只是脫了臼。在當時的鄉村，沒有醫生。殘疾爺爺從漢水邊往下的另一個鄉南川到廟灘鎮上去看病，要坐船轉船。上南川下南川，四十八個大泉眼。那時候多大的水啊。丹江口水庫也只七十年代初才修嘛，那時候漢水河發起水來，南川河發起水來，白浪滔天。

殘疾爺爺在老家那個村找不到醫生治脫臼，最後給他治腿的是一個鄉村剃頭匠。剃頭醫能治腿嗎？反正他不是一般的種地農民，南來北往道聽途說的故事多。殘疾爺爺的腿本來是個小毛病，在他手裡越治越差，只能拐著腳走路了。

如果殘疾爺爺腿是好的，他一輩子可能是個農民；他的腿殘了，他卻沒當農民，他成了一九四九年後南川第一個能上縣城簡易師範的學生。

他的腿殘廢了，他不跑不動，他只有躲在南川的一個廟裡面。廟裡面有一個老教書先生叫劉慶恩也躲在那裡。他跟著老教書先生學寫字，學打算盤，夜裡聽他說書講古。

殘疾爺爺在廟裡「躲老日」躲了一年半，跟著劉老先生學了一年半。劉老先生和他說，你是一個殘疾人，你要活下去，不能和別人比體力，你要有活命的本事。寫字，寫文章，講古，打算盤，就是殘疾爺爺的活命本事。憑著這一年半的底子，在全國剛剛解放，四處急需老師，急需教寫字「掃盲」

的環境下，殘疾爺爺考上縣城師範，畢業後分配工作到了漢水往上游一點靠近丹江口市的冷集鎮沈灣鄉，他在這個鄉鎮工作了幾十年，其中碰上了奶奶，有了幾個孩子。

這條腿影響了他一生。

因為這條腿，他娶了漂亮的奶奶；因為這條腿，他在「文革」過程中比一般人挨更多鬥。一個殘疾人，他不僅娶妻生子，他還當官，他憑什麼？在當時的冷集鎮那個年代，民辦教師多，爺爺這樣的公辦老師少。殘疾爺爺很早的時候，便成了鎮教育界的主要領導之一。當領導，是殘疾爺爺後來挨整的主要原因之一。

在很久一段時間裡，幾十年，他的腿不影響他的工作和生活。他是五十年代中國最早一批擁有自行車的人。他的左腿有殘疾，他就用右腿上車下車。他能騎自行車帶奶奶在鄉道上走幾十里，只是騎得比別人慢一點。他只能用一隻腳用力。

在幾十年的工作生活裡，人們背地裡雖然喊他「跛子」，但是他的腿其實不用治，只是下連陰雨的時候有些不適而已。奶奶從來沒給他治過。

倒是他的另外一個方面，奶奶一直在給他治，那就是奶奶經常罵他的話——沒有狼氣。無用，怕事，懦弱。但是奶奶給他治了一輩子，也沒見治好過。

站在門外面的兒子聽明白了奶奶的話，殘疾爺爺的腿受傷了七十多年，不可能治好了。其實沒有必要治，不去治他，一家人不是照樣生活嗎？

那麼，要養這個孤獨症孩子一輩子嗎？

那我養他一輩子嗎？兒子說。

你害怕養他一輩子嗎？奶奶說。

不是，我不是這個意思，兒子說。

不是這個意思，是什麼意思嗎？兒子站在門外，想像著再有十年，再有二十年，再有三十年，那麼孩子有二十多了，三十多了，四十多了，孩子已經不是孩子了，是一個青年或者中年人了，他還不會說話，他還不會擦屁股，他還不能生活自理，他還要人養，怎麼辦？

那個時候殘疾爺爺在哪裡？奶奶在哪裡？他們可能都不在了。沒有人給孩子按合谷穴了。

往後想下去，是一件讓人害怕的事。這是奶奶的兒子拼命治療、四處尋找辦法的根本原因。

憑什麼是你養他一輩子？奶奶說。

不是我養他嗎？兒子站在門外，他開始算帳，**醫療費，生活費，培訓費……**

這些錢是你的嗎？奶奶問。

憑什麼不是我的呢？都是辛苦掙的，合法合規的，兒子說。

你的書白讀了，奶奶說。

兒子不明白奶奶為什麼這麼說。

憑什麼是你養了他一輩子？憑什麼不是他養你一輩子？

歸根結底，你是害怕養他一輩子，奶奶說。

兒子現在明白奶奶在說什麼。奶奶天天學佛法，天天燒香，每日精進。他想給母親說，他可以養兒子一輩子，但是養一個人，養一個一輩子不會說話的人，和某一天他會開口說話了，哪個更好呢？

他知道自己在抵賴，在欺騙自己。

承認兒子治不好，自己去快樂生活，這有問題嗎？

不承認兒子治不好，自己跟著悲傷一生，奔波勞累一生，認為這才對得起兒子，這才是應該擁有的人生嗎？

十六

屋子裡正在睡覺的孤獨症孩子突然坐起來。殘疾爺爺很緊張，奶奶很緊張，站在門外的孩子爸爸也很緊張。

殘疾爺爺準備給孩子按指頭，他伸過手去準備拉孩子的時候發現孩子並不需要。孩子突然坐起來。他並沒有咬指頭。也許他在做夢了？也許他預感到他爸爸來看他來了？

他會做夢嗎？孤獨症的孩子有夢嗎？都說他們是星星的孩子，那麼他的夢裡面，是來自另一個星球的內容嗎？他如

果能預感他爸爸來了，能預感他爸爸站在門外，他的這種感覺對語言有幫助嗎？

孩子從床上爬起來。他只是憋了，他要去廁所撒尿。他下床穿拖鞋，穿過客廳朝廁所裡跑。他還沒有養成隨手關廁所的文明習慣。廁所裡面傳來了他猛烈的撒尿聲。從下床到穿過客廳，到上廁所，動作一氣呵成。他完成這一系列動作的速度比他殘疾爺爺要快十倍以上。

孩子撒完尿快速回屋，倒頭又睡。屋子裡又安靜下來。

另外一個屋子很安靜。殘疾老大一般不起夜。

屋子裡面住著四個人，除了奶奶外，還有三個殘疾人。

殘疾爺爺這一年過了八十歲，他還健康，還要朝後面活。殘疾老大五十多歲了，每年養幾十頭豬，他還給食堂打掃衛生。孤獨症孫子十幾歲了。

某一年過年，奶奶才忽然察覺，自己生了那麼多孩子，怎麼到了過年，卻只有幾個殘疾人在家裡？

她的第二個孩子，女兒，在襄陽市區工作，在夫家過年，過完年可能會回來拜年，住一天。

她的第三個孩子，孤獨症孩子的爸爸，帶著女兒和全家到外地去了。

她的第四個孩子，在美國，回不來。

她的第五個孩子，在省城加班，回不來。

她的第六個孩子，也在襄陽市區，在夫家過年，也是過

完年回來拜年，住一天。

原來養了一輩子孩子，到了過年她才明白，只有老弱病殘的跑不動的人和自己待在一起。

鄰居們和奶奶開玩笑，說，有本事的兒子都不回來，只有傻兒子才是真兒子啊。

奶奶那一天開始有點傷感，但是很快又高興起來。這就是奶奶，幾十年風雨磨煉的奶奶。

奶奶想，我當初要他們拼命出去讀書，不就是讓他們不回來嗎？

奶奶那個讀書讀得最遠的兒子，在美國哈佛大學教書的第四個兒子，正在和他的導師研究膀胱癌。有幾年他熬不住，思念家鄉，想回國。他回國了一次，聯繫了幾所國內知名大學，這幾個大學都要他。但是國內的分子生物學專業和哈佛大學還是有差距，第四個兒子猶豫了。

奶奶不讓第四個兒子回國。一個地方比你現在地方的研究水平落後，那你回來幹什麼？你回來就進入養老狀態了，你回來幹什麼？

奶奶後來病得下不了床的時候，幾個孩子輪流回來看她，但是美國這個孩子回不來。美國的孩子打電話回來，奶奶卻聽不到。奶奶身邊照顧她的人接到電話，轉達給奶奶，奶奶那時候雖然已經不能動彈，但她聽明白了。

屋子裡面三個殘疾人，一個行走沒有問題，一個聽力沒

有問題，幾個人吃飯上廁所都沒有問題，他們組合起來，剛好可以維持正常的生活，買菜做飯睡覺。

奶奶生過大病之後，雖然說好了，但是一下子老了，頭髮全部白了，腰佝僂了，目光沒有原來靈活。這場大病對她損傷最大的是記憶，她想不起來很多簡單的事情。奶奶的妹妹和二女兒就經常回來，教她說話，訓練她的記憶力，她們怕她得了老年痴呆症。

大兒子叫什麼？

大姑娘叫什麼？

老三叫什麼？

老四叫什麼？

老五叫什麼？

小姑娘叫什麼？

這些不是問題的事情需要反覆教。教一句她學一句。這個時候人們忽然明白了孤獨症孩子，孤獨症孩子也是這麼教的。世界正在被她遺忘，世界也正在一點一點找回來。一個孩子，你不記得他的名字了，你的世界就沒有他了。

孤獨症孩子的世界裡有奶奶，他認得奶奶，他會喊奶奶。

在美國工作的第四個兒子回來探親，奶奶一下子想不起來他了，他已經不在奶奶的世界裡了。第四個兒子看著容顏變得蒼老不堪的母親，放聲大哭。

第 三 部 分

一

　　大年三十的晚上，我開著車，帶著我患有孤獨症的兒子，從漢水下游的江漢平原告別我的女兒和女兒的媽媽，朝漢水中游的老家趕。我要從漢宜高速開到隨岳高速再轉到漢十高速，全程五百多公里。我要在這個除夕的夜裡，把我的兒子送到一個能過年的地方，送到一個有火盆有電視眾人圍著哈哈笑的地方。這個地方就是奶奶的家，奶奶年前幾天就在打掃屋子，在等著她這個不會說話的孫子回家過年。

　　我沒想到這是一趟生命之旅。

　　出發的時候晚上七點多，中央電視臺的新聞聯播音樂剛響過不久，天空上還在飄著零星雪花。在江漢平原的田野裡，大片大片的麥地上面覆蓋著白雪。天空中開始飛翔著鞭炮和煙花，過年的氣氛在空中傳遞。

　　到處都在過年，我也要帶兒子回奶奶家過年。

　　汽車開過潛江市，仙桃市，開到歷史上有名的茶聖陸羽

的故鄉天門市路段的時候，車身有些飄。外的風太大了，影響了汽車前進的方向。我讓自己定住神。外面白茫茫一片雪地，前後沒有一輛汽車。我開著車，兒子坐在副駕上。過年了。一個四十多的男人在大年三十的夜裡，卻要送他十八歲的兒子到他七八十歲的父母那裡過年，這就是我目前的生活狀態。

過年讓我羞愧。

別人過年回家看父母，帶上禮品，帶上孝順紅包，帶上歡聲笑語的後代。我帶給父母的禮物，卻是一個不會說話的孩子。

車開到京山縣境內，地勢從江漢平原一下子過渡到大洪山南麓，高速公路直接插入到山林腹地，山勢突然間險惡起來，我驚駭得一下子坐直身子，我兒子也一下子坐直身子。

孩子一開始靠坐在副駕上，目光散漫地看著江漢平原的雪景。遠遠的漫無邊際的視野範圍內，全是雪，全是麥地。麥地的盡頭，偶爾有黑瓦瓦的一簇，那裡是散落的村莊。這便是江漢平原的特色。天色完全黑下來了，車燈的白光和高速公路外面的雪光交匯，四周一片肅殺之氣。

我的兒子喜歡坐車。平時我去看他，他總是衝到車門那裡，打開門，爬上去坐。他在車上很安靜。平時不管他有多喧鬧，只要一上了車，他立刻安安靜靜。他喜歡坐在窗戶邊上，看外面流動的世界。世界在窗戶外面流動，這讓他很驚

奇。在一個孤獨症孩子的世界裡，車窗外的世界會不會晃動？誰都不知道。這麼多年來，很多很多次，我都看見他這麼看外面的世界。

我喜歡帶他在城市裡開車，看樓房流動，看電話亭、商城、公交車、立交橋流動。他喜歡趴在窗戶那裡看。他像是坐在船上看兩岸流動的風景。

我們開車看路邊的樹，天邊的夕陽，天空中的雨。他對每一件東西都好奇。太陽落在車窗上，雨滴打在車窗上，他喜歡用手去摸。他當然摸不到。車窗玻璃就像當年的泥模一樣，外面一個世界，裡面一個世界。他希望把車窗外面的雨滴沾在手上，他一顆一顆去摸，他奇怪他怎麼摸不到。他希望車窗外那個太陽能完全抓住，他去摸玻璃上的太陽金線，他似乎摸到了，卻又永遠摸不到。

江漢平原的冬雪凝固得如同雕塑一般，外面的肅殺之氣讓兒子警惕。一個孤獨症孩子對環境是非常敏感的，美好的環境是一個善意的世界，凶惡的環境也會變成一個惡意的世界。

他們對世界的感知通過一個個具體的人或物來接收和傳達的。

我曾經到桂花溫泉之鄉湖北咸寧市的通山縣去看恢復得和正常孩子差不多的孤獨症孩子阮方舟，和我隨行的一個人就帶給孩子一個惡意的世界。他對阮方舟調侃，他沒有對這

類孩子應有的尊重，引起孩子警惕。孤獨症孩子的警惕是對另一個世界的警惕。我們對外星人多好奇多警惕，他們對我們就有多好奇多警惕。那天阮方舟警惕起來，一下子像一個動物，他突然毛髮豎立起來，嘴裡發出嗚咽之聲，吃飯甚至走路始終繞開那個調侃他的人。

我曾經注意到我兒子喜歡的事物。漂亮的花，河水，好看的玩具，太陽，漂亮女孩子，美好的風景，天空中遙遠的飛機，這些美好的風景和事物讓他興奮和快樂。另一方面，他對龐然大物、陰暗、黑和一些怪異刺耳的聲音充滿著警惕和抵抗。

他曾經對聲音著迷。他在電視機後面尋找過電視主持人的聲音；他在牆裡面，樹裡面，地下，四處尋找過青蛙和知了的聲音；他曾經站在空曠的操場上或者田野裡發呆，他伸著脖子在尋找一種看起來什麼都沒有的東西。

不是沒有。應該有。這個世界裡一定有一些東西我們看不見，孩子卻看見了。可能是他那個世界的東西跑來了，也可能是一些陌生世界的東西跑來了。

應該有很多個世界，包含在我們這個世界之中，或者包圍著我們這個世界，應該有比我們更大的和更小的世界。

車繼續開。

外面是無邊無際的雪地，是大片大片的麥田，雪地和麥田夾雜著，蒼茫幽暗，低沉恐怖。我兒子沒有再像原來那樣

用指頭去撫摸車窗。外面的世界充滿惡意。他靠在座椅上，對四周充滿警惕。蕭殺的天地在收拾花草，寒冷在消滅動物，空中應該有很多把刀劍，有很多奇怪的猛獸。他的警惕讓他也變成了一個動物，隨時提防著外界。

我曾經帶我兒子去一個墓地祭祖。在這個墓地裡面，我兒子失態尖叫，頭上冒汗，青筋暴露。那還是一個公墓，來來往往有很多人。還是白天，還有陽光。空中還有鞭炮的炸裂聲。那種環境常人都有一些感覺，木然，少語，悲傷，對於一個孤獨症孩子，那種環境影響之大，是我此前未考慮到的。

那天孩子在墓地裡數聲尖叫，瘋跑，狂跳，咬自己的指頭。他咬著指頭在墓地裡瘋跑尖叫，幾個人都攔不住他。

他一定看到了另一個奇異的世界。每一個環境對他都是一個世界。這個世界有一個門，一種媒介，有的人能看到，有的人看不到。

江漢平原冬天裡的風是從哪裡來的？風漫無邊際的時候，高速公路上的車就成了空中的懸物。高速公路的平均高度有五米，相當於兩層樓房或一個中等樹木的樹梢。兩邊沒有植被。沒有植被高速怎麼敢開放？怎麼抵擋風速？我不知道專業部門是怎麼設計的。我的車在江漢平原的高速上，車身有些飄搖。我在飄搖中加速，駛進大洪山腹地。

我的兒子突然坐直。

前面的山勢太險惡了。

汽車拐上京山縣境內大洪山區，幾乎沒有緩坡餘脈，幾乎沒有丘陵小崗，汽車就這麼突然鑽進大山。這座山有多大？有多深？在河南省的南陽盆地和湖北省的江漢平原之間，在河南的桐柏山地和戰國編鐘出產地湖北古隨縣之間，就是這座山脈，高有一千多米，方圓有三百五十平方公里。神農在這裡嘗過百草嗎？那是肯定的；楚國在這裡運輸過兵器嗎？那也是肯定的。

我兒子在車上開始尖叫。

高速公路上開始起霧。我們逐漸朝深山裡面鑽的時候，霧在逐漸增加。霧是一朵一朵的，天空上的雲彩那樣一朵一朵的霧。一朵霧飄在路上。一朵霧飄在高速公路中間的欄杆上。一朵霧飄在車窗上。霧越來越大，越來越濃，越來越密集。汽車繼續朝深山腹地扎，一點一點往深處扎，地勢越來越高，彎道越來越多。兩朵三朵霧在高速上飛動，一團兩團霧在前面舞動。我看見農村裡大堆大堆的棉垛，我看見了飛機上才能看見的大垛大垛的雲彩。

我感覺到了恐懼。我不知道繼續往前開還是停下來。往前開我有些害怕，停下來更害怕。我只有減緩車速。

我開始出現幻覺。我感覺自己是在月球上開車，汽車在月球上飄蕩。四周有美麗的雲彩環繞。霧在車中間，一朵一

朵。我們像飄在空中，深一腳淺一腳行走。月宮裡面的棉花怎麼這麼漂亮？月亮上的棉塊怎麼撕成這個樣子？一朵一朵一朵，一朵一朵一朵一朵……

高速公路兩旁的山，一邊高一邊低。拐彎的時候，迎面一座山峰，像蹲著的一隻老虎！山有窮山，水有窮水；山有惡山，山有惡水。窮山惡水的模樣像兵器，像閻羅門前的厲鬼，像吃人的猛獸。

我兒子看見迎面的惡山再次尖叫。

他肯定看見了另外一個凶惡的世界。

這個世界的猛獸直撲過來，直接朝車窗上面撲；這個世界的閻羅厲鬼伸著獠牙直接朝車窗上撲；這個世界的木棒和銳斧直接朝車窗上打砸！惡雲惡霧是他們的幫凶，是他們成千上萬的烏鴉兵！

我的汗毛直豎。我邊開車邊喊兒子，安靜點！安靜點！別說話！別說話！不能說話！

這個時候不能有任何聲音來干擾我，我的眼睛馬上分辨不清路了。大團的霧越來越重，把高速公路之間的欄杆模糊了。我們像在霧海中穿行。我已經看不清兩邊的欄杆，稍微馬虎一點，我們很可能車毀人亡。我注意到高速公路中間有一條白線。這條白線平時白天開車我們會忽略它，現在我才明白這是一條救命線。我盯著這條白線，一遍一遍告誡自己：慢一點，慢一點；安全第一，安全第一；車上有孩子，車上

165

有孩子……

　　車上有孩子。

　　這個孩子是我的，但也不是我的，他是我們這個家的血脈。孩子是我們的希望。這個孩子也是。他是一個不會說話的孤獨症孩子，他應該不會是希望。他可能不會考上大學，可能娶不上媳婦，他可能終生不能開口說話，但是他依然是我們的血脈和希望。

　　就像我。

　　就像我這麼一個麻煩纏身的人，我兒子的爺爺奶奶，他們就是在我毫無希望的時候把我當作希望看。他們曾經這麼看著我，就像看著一泡毫無希望的牛屎，看它如何變化，成長，上面插滿鮮花。

　　一九八六年秋天，我差點被開除了。我在高三緊張備考的時候追求女生，給女生寫求愛信。我無法抵擋我身上青春的魔鬼，我總是在暗地裡想念班上最漂亮的女生，全校最漂亮的女生。我開始愛慕虛榮。我戴著一個平光眼鏡冒充近視，其實我想用近視來吸引女生。我認為近視才有風度，才有學問。我開始抹髮油，把頭髮抹得油光閃亮，上面停不住蒼蠅。我完全忘了，我家裡有兩個殘疾人，正在用他們擠出來的錢在供養我讀書。

　　我為此付出了代價。

　　我背著被卷盆子和書籍回家。全村的人都在傳，我被開

除了。

我在所有等著盼著我的人心臟深處捅了一刀。

我把孩子的奶奶逼失態了。

奶奶怎麼會失態？

她在殘疾爺爺挨鬥那時候都有膽有略，都毫不畏懼，她在殘疾大兒子確診無治的情況下都有章有法。因為她心裡有一盞燈，那盞燈就是一個有出息的孩子，就是我。

現在，燈一下子滅了。

奶奶帶著最小的女兒出走了，誰都不知道她到哪裡去了。一天過去了，兩天過去了，三天過去了，一個星期過去了。全家人都知道是因為我，知道她不想再看見我，知道她不可能再接受我。

奶奶帶著小女兒跑到漢水河對岸的老河口的一家親戚家裡去了，她在那裡住了一個多月。親戚感覺她可能出了什麼事，但是沒敢問，始終不知道她到底出了什麼事。

奶奶在親戚家住了一個多月。

在奶奶的親戚圈中，所有人都知道奶奶家裡有兩個讀書厲害的孩子，是漢水河西一帶的少年明星，是奶奶的希望。親戚們一見奶奶就和奶奶談孩子，談我和老四。

很多年以後，我才聽那家親戚說起奶奶住在他們家裡那一個多月的經歷。奶奶幫親戚家幹活，親戚家和原來一樣誇她的孩子，誇我，奶奶也和他們一樣，誇自己的孩子，誇我。

漢水中游小鎮

這家親戚完全看不出奶奶的孩子，特別是我，出了什麼問題。

唯一的不同是奶奶經常到漢水邊，站在那裡發呆。那時候漢水的中游還沒有王甫州、襄陽、潛江那麼多水電站，水流很急。奶奶站在漢水邊一天接一天地看水勢的變化，誰也不知道她想幹什麼。

我知道。

她在漢水裡面看我。

她在看那一團團水裡面，是不是還有我的影子。我是不是和家裡的另外兩個殘疾人一樣，不需要再治了。她看了一個多月，最終沒有得到答案。她看見一個提鳥籠的算命先生，她本來想去抽一籤，但是她害怕抽到一個清晰的壞結果。她在一個浪頭裡面得到啟發，帶著小女兒又回到村子裡來了。

二

我的兒子大年三十的夜晚在隨岳高速的大洪山區京山縣路段發作了。那個地方尚未到達京山縣的出口，有一個弧形大彎。我們的汽車拐進弧形大彎的時候，一股濃霧如同洪水一樣從山谷湧出來，直接將我的車身淹沒。對面的山影撲過來，呈倒塌的姿勢，朝車身前面傾斜。

我的兒子突然大聲尖叫，突然襲擊我的方向盤！

他伸手奪我的方向盤。我大聲喊他的名字！我的車頭晃

了一下，差一點撞到高速公路中間的欄杆。我渾身的毛孔炸開了。

陳正軒！

陳正軒！

陳正軒是我兒子的名字。

我除了喊他的名字，我不敢多說一句話。我不知道朝左開朝右開還是繼續朝前開。沙子怎麼迷住了我的眼睛？隔著車玻璃的大霧之夜怎麼會有風沙？那應該是汗水。我大聲喊我的兒子，但是他並不理會。我想伸出右手推開他，但是我的左手單獨不敢掌方向盤。在那種大霧之中，如海的大霧之中，兩隻手握方向盤都膽顫心驚。

我兒子開始驚叫。嘴裡面混亂地嗚咽。他似乎想奪方向盤，又有點不敢。他去撞前面的擋風玻璃，他用手去抓前面的引擎臺。

我感覺到了危險。這種對危險的感覺來自生命的深處和本能。我在那一瞬間看見了閻羅殿和黑白無常。汽車在自動地慣性行進！我不知道前面是什麼。濃霧之中前面該是什麼就是什麼。是石頭也一頭撞上去！是欄杆也一頭撞上去！是山頭或者懸崖，也一頭撞上去！

濃霧一朵一朵落。我從來沒有看見過這麼漂亮的霧。濃霧好像不是從空中飄出來的，而是從地裡長出來的。在江漢平原，在大洪山區的冬季，地裡面除了長糧食長蔬菜長花朵，

怎麼還長出一朵一朵濃濃的霧。

這不是霧。這是美麗的雲朵，飄動的漫畫，環繞的紗幔，輕柔的微風。這是另一個世界的迷人的香水。

我知道我離死亡不遠了。

其實我早該死了。

一九八六年秋天我休學回家。我根本不敢回去。我從學校離開的時候，我準備去殺那個整我的班主任。我認為他小題大做。他把我當作整頓校風班風的典型，他沒想到這個時候不要我上學，實際上就是要我的命。我還準備逃往另外兩個地方，一個是新疆，一個是神農架。

當時我們班上有一個花痴，這個花痴曾經假裝成六個男孩子給同一個女孩子寫信求愛，又假裝成這個女孩子給這六個男孩子寫信。這個花痴後來不讀書了，逃到新疆。他在新疆混得黃皮寡瘦，回老家時卻當著同學們吹牛，說他在新疆過得如何好。他大談新疆的見聞，談烏魯木齊和天山，令人神往。在我們老家那個村子，還有一個鄰居，這個鄰居有一年收麥冬到外地販賣，沒想到虧本了，欠了鄉親們一屁股債，據說也逃到了新疆。看來新疆是個好去處。

我還準備到去神農架，是因為神農架有野人。一個有野人的地方，應該比較寬容。據說有很多走投無路的人都逃到那裡，最終活下來。

我在一九八六年的秋天拎著盆子背著被子回家鄉，我知

道我在家鄉待不住。我待下去會死在我母親手裡。我知道她的脾氣。我隨時準備逃跑，也做好了死的準備。

我沒有立即朝新疆跑，是因為我們那個花痴同學，他聽說我被勸退回家休學，馬上跑來找我，要我和他一起去新疆。我如果和他一起去，那別人不是恥笑我們兩個都是花痴嗎？

我也沒有立即朝神農架跑，那一年神農架出了一起特大交通事故，汽車翻下山崖，死了幾十個人，把很多人嚇住了。

我的母親面對我回家的事，手足無措，她氣得連發脾氣都不會了，她帶著我最小的妹妹離家出走，一個多月未回。

在這一個多月裡，我每天都在想死亡。在這一個多月裡，我們全家充滿著死亡的氣息。我的幾個兄弟姐妹都沉默無語。他們都明白，事情沒有那麼簡單。他們私下議論，要麼我把母親氣死，要麼母親回來把我打死，最終會出一條人命。

我的殘疾父親原來每個星期回家一次，現在每個星期回家兩次。那時候還沒有時興雙休，每個星期全國只休息一天。他往往是週六下午下班後回來，周日下午離開。他騎自行車慢，因為他左腳踩不住腳踏板，他只能用右腳踩腳踏板。每週中間他抽空又回來一次，都是夜裡趕到，睡一覺之後，第二天大清早又匆匆離開，趕幾十里回學校上班。

我父親就這麼來來往往趕了一個多月路，他害怕出事。他四處托人尋找我母親。那時候沒有家庭電話，無法聯絡，他還給我遠在省城的大舅拍了電報。他在家裡也不敢惹我，

大聲訓斥一句都沒有。我經常一個人跑到池塘邊和山邊，他知道我想幹什麼。他週末安排老四或者老五跟著我。怕我有什麼意外。

我做好了死的打算。我在那段時間才聽說，原來我的父親當年過不下去的時候也想到過死。我的殘疾父親當年也曾經想自殺，也想到朝山裡面跑，但是他最後活下來了，迎來了生機。

一九七一年十一月二十七日開始，我的殘疾父親因為政治問題被下放到雙橋打磨溝紅旗水庫，在那裡勞動、睡地鋪和寫檢查。有一回，有一個姓付的上級領導到山裡水庫來，要我的殘疾父親交代他的「現行反革命」罪行和反對北京的領袖一事。他說，如果不老實交代，馬上就會有人來抓他，把他搞到監獄裡去坐牢。

我的殘疾父親嚇住了。他連續多個夜晚不能入睡。他準備逃到更遠的大山裡去，在那裡和山區農民一樣生活，他另外也想到了死。

死是很簡單的事，他們正在修的水庫，朝裡面一跳，一個人的一生就算結束了。

但是我的殘疾父親最終沒有去死。他給我母親寫好了信，交待了孩子們的有關安排。他一直堅持著，讓檢查就檢查，讓勞動就勞動，該吃飯就吃飯，該喝酒就喝酒。他寫的檢查信紙材料，總共有幾尺高。

三

　　大年三十，除夕夜。汽車繼續朝前開。我感覺到了絕望。
外面的大霧靜止了，凝固不動了，行駛的車似乎也靜止了，
凝固不動了。我感覺到了絕望。絕望就是靜止的，凝固不動
的。絕望不是緊張的，運動的。

　　絕望是靜止的，凝固不動的。我用同歸於盡的姿態和它
對望。我車上還有孩子。我知道，我車上還有孩子。但是我
毫無辦法。我毫無辦法。

　　我會和孩子一起死亡嗎？

　　我不知道。

　　十幾年裡，在四處治病的過程中，我多次想到一個問
題──未來。十幾年後，又十幾年後，再十幾年後，我有死
亡的權利嗎？我似乎沒有。因為我死了，這個孤獨症孩子怎
麼辦？誰來管他？

　　在我們這個國家，目前對這類病人的福利制度遠不如歐
洲一些國家，還沒有實現對這類病人的終生救助，大部分還
要靠病人的家人。那麼，對於我和我的兒子來說，時間再往
後，我必須要有足夠的準備。我要準備足夠的錢，還要有足
夠的身體，足夠的壽命。

　　也就是說，我必須死在孩子後面。否則，我如果先死，

孩子怎麼辦？

　　這是一個人們不願涉及的堅硬話題，但是它如同一道黑色的門檻一樣，我們這些孤獨症孩子的家長們每天都從上面來來回回跨過。

　　絕望是靜止的。

　　絕望是凝固不動的。

　　絕望很多時候是人類的孿生兄弟，它總是在我們最弱的時候出現，和我們對峙。

　　那怎麼辦？

　　不去管它。

　　該怎麼樣怎麼樣，接受一切。

　　就像當年孩子的殘疾爺爺一樣，讓檢查就檢查，讓勞動就勞動，該吃飯就吃飯，該喝酒就喝酒。

　　就像當年孩子的奶奶一樣，在漢水邊上看了一個多月水勢，既沒有投江，也沒有帶著小女兒逃走，她又回來了。

　　一九八六年秋天，離家出走一個多月之後，我母親又回來了，當時誰也不知道她去了哪裡。她回來之後，麥冬已經挖完，農忙已經結束，她首先做的一件事，就是帶著我們在家門口往西走的二道梁上墾荒。

　　我母親帶著我們在二道梁上墾荒，她這個舉動我們誰都沒有想到。她沒有憤怒，沒有用她的刺條子打我或者打其他人，她面色平靜。一家人都依著她。她讓我的殘疾父親請假

一週回來，他讓孩子們從學校請假回來，一家人在二道梁開墾荒地。

全家所有的人圍著二道梁坡頂的一塊地墾荒，持續了一個星期。我的弟弟妹妹們不明就裡，他們拎著茶壺，帶上茶碗，帶上濕麵饃和钁頭鐵鍬去參加勞動，他們的眼神裡有一些隱隱的興奮。長期待在學校裡的人，現在到田間勞動，這是我母親原來不會同意的。長期以來，我們家裡的農田都是母親和殘疾大哥的事，忙不過來的時候，他們請人幫忙也不讓我們插手，我們兄妹幾個甚至都不知道分田到戶以後我們家有幾塊田地，哪些田地在哪裡。

到了二道梁之後，我們才明白母親的用意。

一九八六年秋天，我們兄弟姐妹幾個，在漢水河西的二道梁荒坡參加了一個星期的特殊勞動。在這一個星期裡，在荒坡上開墾土地、起溝、翻土，但是真正幹活的只有兩個人，殘疾父親和殘疾大哥。我們幾個兄弟坐在田埂上，母親不讓我們下田。我們的任務就是坐在田埂上看，看他們勞動。

那個星期天氣特別晴朗，天空如一道彎弓一樣繃在山梁。在漢水西岸的沈灣鄉往西，有一座大山叫臥牛山，相傳朱洪武皇帝曾經在那裡放過牛。在臥牛山和漢水中間，有兩道山梁，其中頭道梁在「農業學大寨」的時候基本上被挖平，二道梁上的樹木被偷伐，只剩下荊棘和荒草。在漢水西岸，因沖積扇形成百里沃土，因此人們基本上不願去上坡墾荒，

山坡荒地就只分給那些家大口闊的人家。

天空如一道彎弓一樣繃在山梁上。天空挑著擔子，一頭是漢水，一頭是臥牛山。天空就在光禿禿的山梁上繃著。兩個殘疾人在山坡上墾荒，在田埂上一字排開坐著的，是我、老四、老五、老六，那時候姐姐已經在外面上班，坐在田埂上領頭的人物，便是我。

在晴朗而如彎弓的天空下看兩個殘疾人勞動是母親在漢水邊上想出來的嗎？我不知道是不是這樣。我只知道那幾天有一種燥熱的煎熬。太陽一直不下山，一直懸在山梁上。天空一成不變，白亮而乾枯。父親挖得慢，挖一下拐一下。殘疾老大挖得快，但是喝水多。他在喝水的時候喜歡看遠處。

我們幾個坐在田埂上，一字排開。我們看殘疾父親和大哥墾荒挖地。剛開始到二道梁的時候，母親讓他們兩個人幹，讓我們歇著，我的兩個弟弟還以為是農具不夠，還以為是換班勞動，他們坐在田埂上，四處亂看，間或哼著小曲，後來他們才感覺不對。

我是最早看出母親用意的，我坐在田埂上，頭不朝父親和大哥看，我把頭別向遠處的臥牛山，沉默不語。中間父親幹累了，他停下鑊頭，老四先衝過去想搶著幹，老五又衝過去想搶著幹，只有我穩坐不動。

老四準備勞動被母親阻止了，老五準備去勞動又被母親阻止了。他們有點莫名其妙。

和殘疾人在一起生活久了，會習慣得熟視無睹，會忘記他們是殘疾人。我們這麼多年已經習慣了。我們只有在父親騎自行車上車很不方便的時候，我們只有在大哥丟失自行車或者被村裡人調笑的時候，才有這種意識。現在，在二道梁上，幾乎不幹農活的殘疾父親在我們面前挖地，喊隔幾米之外的大哥喝水他聽不見，我們才清晰地看到，我們面前是兩個殘疾人。

　　我的兩個弟弟後來和我一樣明白了母親的用意，他們也開始和我一樣沉默不語。我們把腦殼別向別處，或者扎在兩腿中間，我們假裝玩指甲或者拔屁股下面秋天的枯草。我們相互之間不敢對望，我們害怕我們彼此的目光。

　　我們是面前的這兩個殘疾人養大的！

　　我們是殘疾人養著我們上學的！

　　我們的殘疾父親幹一陣歇一陣，他不是幹農活的人，母親幾十年都不讓他沾農活。他直起身來的時候，我們都低下頭，四周一片平靜。

　　我就是在那一天明白了什麼是秋燥。燥熱，乾燥。這個二道梁為什麼荒涼？因為沒有水。這裡只能種懶莊稼，點上黃豆或者玉米，其他東西種不活。田埂上荒坡上，全是乾燥的荒草，不整齊的橫七豎八的荒草。

　　在這裡墾荒要大量地喝水。從壺裡朝碗裡倒水這樣的小事母親也不讓我們幹，這件事歸最小的妹妹。我們每天乾乾

淨淨。我穿著紅色毛線背心，我兩個弟弟穿著黑色夾襖。我們衣服乾淨鞋子乾淨地坐在田埂上，看父親和大哥勞動。

秋燥和水關係不大。秋燥是一種聲音。有一種聲音在很遠又很近的地方響起。我們一開始以為是知了，後來才明白不是知了；我們一開始以為是土裡和草裡的聲音，後來才明白沒有在土裡草裡，它似乎來自空中，又似乎來自我們的身體裡。這種莫名的聲音就是乾燥。它讓我們的嗓子冒煙。這種聲音在空中乾燥地飛行，乾燥地盤旋，無處不在。

我母親中間回去燒水，我們幾個想在那個空檔幫父親和大哥幹活，但是他們不讓我們幹。他們流的汗太多了，又沒有風。他們都停下來，聽那個聲音，聽那個叫乾燥的東西，飛行和鳴叫。

那個乾燥的東西這就是絕望。

絕望是乾燥的，絕望是繃緊的。絕望和面前山坡上秋天的枯草一樣，一望無際，靜默無聲，一點即著。

那次勞動之後，母親就垮掉了，她病倒了，她躺在家裡休息。父親把我帶到他工作的單位。我當時在父親單位所屬村子裡一間民房裡住，隔壁是牛棚。那頭牛的脖子上拴著一個鈴鐺，每天夜間叮噹作響。我夜裡坐起來，如同坐在海中，坐在霧中。我不知道前面是什麼，不知道希望在哪裡。

那頭牛脖子上的鈴鐺每天晚上響，一直響到清晨。它沒有影響我的睡眠。在那種情況下睡覺並不是多大的事。我夜

裡坐在床上，一夜一夜發呆。

那個鈴鐺應該是我的母親。我最後想明白了這一點。

叮鈴鈴……

叮鈴鈴……

牛在夜間走動。是風吹動的聲音。這種響聲沒有任何規律，有時候很久沒有，忽然又來了。在夜的深處，夢境的深處，生命的深處。

生和死都是瞬間。瞬間很重要。瞬間的小事就是生的大事，也是死的大事。

我明白，那種聲音和二道梁上的乾燥一樣，也叫絕望。絕望的時候你怎麼辦？你只有待著，就那麼忍著。我就那麼忍了幾個月之後，悄無聲息地回學校重讀高三，一年之後，我考上了大學。

但是當年牛脖子上的鈴鐺的聲音後來伴隨了我幾十年，它總在一些特殊的時刻突然響起。它告訴我，絕望要盯著看，像盯著一塊石頭和凝固的堅冰。但是到消失的時候，再堅硬的東西也會一下子消失。

現在，大年三十的夜裡，我在大霧中穿行，預感到死亡迫近的時候，我突然清醒了。我聽到了遙遠的鈴鐺聲傳來。我告訴自己必須停下來。不能再開了。

在濃霧中，在黑如鍋蓋的夜裡，鈴聲告訴我，停住！

停住！

車上有孩子！

車上有個不會說話的孩子！

四

在一個弧形彎道的緩坡，汽車靠右變向，在濃霧中緩緩停下。

我首先打開應急燈。

我害怕被後面的汽車追尾。儘管現在後面根本沒有汽車。

我滿頭大汗，我看看兒子，他也滿頭大汗。驚恐還留在他臉上，他還在低聲嗚嗚地吼叫。

我打開車門下車到外面查看，長長的彎道，左面迎山是陡坡，右邊坡下是懸崖。山勢險惡，風很大，一朵一朵的大塊狀霧四周彌漫。這裡不是久留之地。

我和孩子商量。我知道他聽不懂，但是聽不懂也要商量，否則這後面的路沒有辦法走。要儘快離開這個凶險之地。

我說，陳正軒，你要聽話。

我說，陳正軒，你是個好孩子。

我說，陳正軒，奶奶正在等你回家過年。

我說，陳正軒，今天是什麼日子？今天是大年三十！今天是過年，今天是今年最後一天，是不是？明天是新一年第一天，是不是？

他不理睬我。不管我說什麼話他都低聲嗚嗚嗚。他的汗水流出來，鼻涕流出來，口水流出來。

我重新啟動汽車準備走。我剛剛啟動，我兒子就朝方向盤上撲。他的手緊緊抓著方向盤，使勁拉都拉不開。我趕緊熄火。孩子顯然走怕了。我其實也不敢走了。但是如果不走。怎麼辦？如果不走，停在馬路過一夜嗎？就是要停，也不能停在這個地勢險惡濃霧彌漫的斜坡下面啊。還有，我的應急雙閃燈一直開著閃，要這樣閃一夜嗎？如果閃一陣子停電了，後面來了車，撞上怎麼辦？

我決定還是啟動汽車走。我啟動汽車的時候，他又撲上來。

我一邊擋他一邊大聲喊：

陳正軒！你不要命了嗎？

你想不想活？

我的任何喊叫和訓斥都沒有用。他已經完全失控了。我把他的指頭從方向盤上掰下來，他又抓上去。他的手如此有勁，我拉不下來。

我憤怒了。

我不相信我今天治不了你！我不相信我今天治不了你這個不會說話的傢伙。方向盤搶了幾個來回之後，我騰開手，照他額頭和臉開始打。

啪！

一下。

額頭上。

啪，又一下。臉上。啪啪，兩下，臉上。啪啪啪，三下，額頭上。

他被打暈了。他被打暈了！

好，你明白了，只有我打你，你打不了我。因為你是我兒子！

啪啪啪啪⋯⋯

臉上。

你明白了吧。你明白我會打人，你不會打人了吧。

我失控了。我成了一個瘋子，一個惡魔。我不知道打了兒子多少耳光。他的額頭上，臉上，全是手印子。

他看著我，眼淚汪汪地看著我。

耳光！

打巴掌！

這也是一個世界。星星的孩子！孤獨症孩子！另外一個世界裡有沒有耳光呢？有沒有打巴掌呢？如果沒有，耳光，打巴掌就是一種知識，還是一種重要知識！

是知識就得學，就得體驗！

就像奶奶的殘疾大兒子下跪。此前他看弟弟妹妹下過跪，他沒下過跪。他在沈灣中學當眾下跪，把他下明白了。他明白了一個重要道理，就是他和正常人有區別。他明白了

他是一個殘疾人，殘疾人就找不到漂亮老婆。

兒子盯著我的手，我的手掌舉在空中正準備落下。

他不明白這雙握方向盤的手為什麼還能打他的額頭和臉，還能讓他這麼疼痛。此前他從沒有這樣的經歷。他是一個不會說話的孩子，家裡都可憐他，外人也可憐他，誰會打他耳光呢？

泥模內外是兩個世界；汽車玻璃內外，是兩個世界；耳光前後，應該也是兩個世界。

我一瞬間明白了一件事。

在湖北咸寧的崇陽縣，曾經發生過一起父親殺死孤獨症兒子的案件。一個在貴州打工的父親，某一天趕回咸寧老家，拿著鐵鍬找了一個安靜的地方，一鍬一鍬地把他的兒子活埋了！他殺了人。但是他殺了人之後卻並不跑，他的女人報案之後，他束手就擒，並且要求法院儘快槍斃自己。

這樁殺人案在當時的社會上，特別是在孤獨症孩子家長的圈子裡面產生了極大的震動。很多孤獨症孩子的家長要結伴去審判那個父親的法院，但是臨行包車的時候，他們的意見還沒有統一。

要求輕判那個父親嗎？

就因為他可憐嗎？

問題是，他自己希望輕判嗎？

如果真的輕判了，他活下來，每天想著那個被自己殺死

的兒子,這樣的結果好嗎?這樣的結果真的比判他死亡好嗎?

我在京山縣內的高速上,在濃霧包圍的車內,我舉著手打完兒子之後,我呆滯了一會兒,我一下子明白了那個父親。他舉的是鐵鏟,我舉的是巴掌,如此而已。

那個父親一定看見了另一個世界。他的鐵鍬內外的不同世界。

他一定看見了那個世界的月光,那個世界的雲朵,那個世界芬芳的美食。在他鐵鍬的一面和另一面,是兩個完全不同的世界。他要帶著孩子到另一個有吃有喝的輕鬆自在的世界去。

我的手掌舉在空中。

我的眼淚流下來。

我在我的手掌上看到了另一個世界。

孩子突然開始咬自己的指頭。

他挨了打,他不知道該怎麼辦,他流著淚看了我一陣之後,突然開始咬右手的指頭。

我的兒子在車上咬自己的指頭。我不去攔他,我太累了。剛才太驚險太緊張了,我現在才回過神來。我靠在座位上流淚。時間是晚上八點半。我看了一下汽車表盤上的時間,這個時間刻在我的腦袋裡面。我不知道該怎麼辦。我累了。我開不動車了,也打不動人了。我的兒子哭,我憑什麼不能哭?

我的兒子咬指頭,我憑什麼不能咬指頭?

我在那一刻忽然產生了一種奇怪的念頭。我看見孩子在咬指頭，我也想咬自己的指頭。

　　我把右手食指舉起來。

　　我看著右邊的兒子，我看他是怎麼咬的。我要學著他的樣子，咬在同一個地方。他沒有咬指甲蓋兒，沒有咬上半段，他咬的是拇指和食指之間的位置，靠近合谷穴。

　　這個世界總有一個東西，在我們最沒有辦法的時候替我們承擔。它是世界的末端，也是世界的開始。它既是疼痛的源點，也是消除疼痛的源點。

　　我看著指頭。

　　我沒去咬它，它握方向盤太緊張，已經有些僵硬了。

　　我忽然明白，這根讓我疼痛讓我無奈絕望的指頭，它一定會救我，帶我到另外一個地方。這麼多年來，就是它，我的指頭，我的孩子，它總是在我絕望的時候、在我無路可走的時候搭救我。它帶著我，從一個臺階上到另一個臺階，從一級上到另一級，從一個船上到另一個船上。每變化一次都是另一個風景，每變化一次都是一次嶄新的人生。

　　在我帶孤獨症孩子的十多年，碰到過太多這樣的事，碰到過太多船隻的覆滅和臺階的崩塌，這就是變化。一個巨變時代的大變化。在我們這個巨變時代的面前，我們大多數人在平行滑動，在橫衝直撞，我們在相互消耗中每況愈下，在這種迷惘面前，誰和我們說話呢？

　　我曾經在一家著名的報紙記者站工作，我工作的那幾年，正是紙媒體的黃金時代和內地向海外招商的瘋狂期。那個時候膽大和無良會使一些記者致富或者掘出第一桶金。在那個防火防盜防記者的年代裡，因為利益關係，我的領導經常把我逼得沒有退路。我們長期對峙，互不相讓。我像大海上一個衰弱的老人對付巨大的鯊魚一樣處於劣勢。但我不能輕易離開，因為我還要養兒子，因為我還沒有尋找到另一艘船和穩固的堤岸。

　　但是我們都沒有想到，我們之間不會有勝者，我們爭來爭去，都是輸家。勝者只有一個，那就是時代和趨勢。我們都沒完全看明白，我們所在的那家報社，無論多麼有名，但它畢竟是紙媒體。在和網絡並行存在的初期，它可能還有生存空間，但是隨著網絡的繼續發展，它只能被淘汰。這就像大刀木棍和槍炮作戰。

　　那個時候我經常去看我兒子。

　　我把兒子帶到郊區的田野邊上，或者長江邊，我讓他一個人亂跑，等他跑累了，他就會到我身邊。那個時候我會問他話。我問他我該怎麼辦。我問他我該如何對付眼前的困境，我該用什麼辦法。

　　我知道他回答不了。

　　但是和一個無法回答的人說話，你會得到另一種回答。因為你實際上是在問自己，你是在問你那顆心。你一次又一

187

次地問，其實答案已經在你心中。你是你自己的神，你的心就是你的世界。你一遍一遍把自己問安靜下來，你會得到正確答案。這個答案在當時可能是不可思議的。

後來發生了戲劇性變化。我們在一起共事了十年之後，我找到另一項事業，我換船了。我工作的那家報社在網絡發展的大趨勢下卻垮掉了。我當年的領導失去了工作。

我見證了一個強勢媒體的衰落，見證了一個強勢品牌的崩潰，在那種衰落和崩潰面前，我原來那位強勢領導失業簡直不值一提，如一座倒塌大樓的碎瓦。不單是我工作過的那家媒體，這是整個紙新聞媒體行業的集體衰落。我看起來是提前離開了一個好單位，但卻是離開了一條危險的船隻，到達了一個相對安全相對可以發展的堤岸。

這種對未來對趨勢的判斷得益於我和我兒子的一次次對話。你擁有一個孤獨症兒子，你擁有了最大的絕望，它讓你沒有幻想，它讓你明白，除了它之外，處處都是生機。

對，處處都是生機。沒有一棵樹可以吊死人。你這麼想，你的面前會忽然開闊起來。

我知道是兒子救了我。

沒有他，我不可能在絕望中那麼堅持，也不可能那麼堅決地變化。

我曾經遭遇到一個網絡事件。在我活動的文化圈子裡有人在網上攻擊一個名人，裡面有編造我的材料，後來這位名

人在有些人的挑唆下居然懷疑網絡帖子是我所為。在一段時間裡，我被一些人醜化成一個小人，一個人別有用心的人，一個忘恩負義的人。眾人圍觀著一個謊言像圍觀一場政變那麼激動，那麼津津樂道和添油加醋。

想把一個人從紛雜絕望中拉出來是相當困難的，因為人要在一定的圈子裡面生存和發展。那段時間我很痛苦，肺咳讓我徹夜難眠。我做好了最壞的打算。我一直在思考，如何這些謊言一直持續下去，我該如何從事我鍾愛的事業？

那段時間我經常和兒子在一起。只有這種巨大的絕望才能讓我遺忘世事，才能讓我清醒，才能讓我不去做錯誤的決策。

我照樣把他帶到長江邊，帶到郊區的田野邊上。

我曾經有過一個衝動的想法。我想在網絡上發一個公告，我想告訴造謠者，我可以拉著兒子站在長江大橋上等他，我要和他賭誓。

我問兒子，你同意嗎？

我曾經問我的一個禪修老師，他告訴我，當有巨大的謠言莫名中傷你的時候，正是你能量聚成的時候。我問我兒子，是這樣嗎？

我得不到回答。

我知道我得不到回答，但我必須一遍一遍問，我實際在問我自己，問我那顆心。你反覆問自己，你會把一顆瘋狂躁

動的心逐漸問安靜，就像哄一個不聽話的孩子。答案還是在我自己心中，自己當然還是自己的神。

我安靜下來。靜待結果。

幾個月後，發生了戲劇性變化。我朝另一個寫作高峰項目衝刺並且成功後，那個網絡事件居然破案了。司法事實讓當初醜化我的人噤口和自省。

這個案子破獲之後，我經常發呆。我和我兒子看泥模和汽車玻璃一樣看對面的另一個世界。我的泥模和玻璃就是這個網絡事件。

這個世界所折射的東西讓我深深地痛苦，當然也有特別的溫暖。在強勢壓力面前，還有那麼多人，用特殊的方式向我傳達問候。他們問候我陽光好不好，吃飯好不好，孩子好不好。這個特殊的泥模和玻璃告訴我，誰在向你傳達令人不安的氣息，你一定要握住誰的手。

我要謝謝我兒子。

我擁有了他，我擁有了巨大的絕望。除了他，沒有更大的絕望。處處都是生機。

對，處處都是生機。沒有一棵樹可以吊死人。你這麼想，你的面前會忽然開闊起來。

十幾年裡，這樣的事情比比皆是。每逢遇到困難，我總是去見兒子。我總是和他在一起。

五

十幾年裡，我兒子面前展現過一些新世界，我也和他一起，見識了這些新世界。

在我兒子面前展現過另外的世界，就是他寄養過的幾個地方。

我兒子第一個寄養的地方是鄂西土家族自治縣長陽，他住在虞老師家裡。他在那裡每天扎針，學習說話和生活技能，他在那裡生活了兩年。在長陽縣，他最大的收穫就是學會了騎自行車。

我去長陽看望兒子的時候，我和虞老師在縣城邊的清江邊散步，兒子遠遠地騎在前面，從雙手掌把到單手掌把，向我們興奮地炫耀車技。他有一種要飛翔的感覺。其實不單是他，在清江邊散步的人都有一種要飛翔的感覺。在全國很難再看到這麼清澈的江水，和天空一個顏色，和天空連成一片。

虞老師是一個好老師，她寫字剛勁有力，象書法字帖一樣，她會和孩子交流。如果她一直帶孩子，孩子會不會成為一個自行車雜技演員？這很難說。可惜虞老師這位兩個孩子的母親，這位土家族的女兒，她的丈夫離家出走了，她因此而情緒崩潰，生活混亂，並且嚴重影響到她自己的兒子。一個女人遇到這種事情，她是逐漸崩潰的。她帶我兒子的兩年

裡，我們眼看著她容貌憔悴情緒失常，慢慢到了不能帶孩子。

我把孩子交給虞老師之前的兩年多，她丈夫就走了。她丈夫是一位武漢下放幹部，在長陽遇見虞老師後成家，定居在美麗的山水之中，有了兩個兒子。他丈夫在長陽生活了若干年後，一直想回到省城工作，但因多種原因一直回不去。現在，四十多歲的人消失了。

一個大活人大男人，活要見人，死要見屍，他到底在哪裡？在尋找她丈夫的過程中，她見識了城市的神秘、城市的容量和世界的多樣性。虞老師幾年找不到丈夫，報案了，但她沒有任何線索。她不能說他死亡，她沒有證據；她也不能說他活著，她同樣沒有證據。

虞老師用她攢了多年的幾萬塊錢在省城武漢請私家偵探，這是我沒想到的。她有一個兒子高中要畢業了，另一個兒子馬上要上高二，都是花錢的時候。

我和幾個朋友分析其中的疑點：主要的疑點來源是他丈夫的父母。她丈夫的父母尚健，居住省城。她找他父母，他父母說不知情，也不讓她報案。他們平穩安泰的樣子讓我和幾個朋友覺得有問題。

這不符合常理。

如果一個人的兒子失蹤了，做父母的就像指頭斷了。一個人指頭斷了是什麼樣子，做父母的當時就應該是什麼樣子。立即報案。現在他們平穩安坐不說，你來找他們，他們

還不讓你報案！

我和幾個朋友的分析是虞老師的丈夫又在省城成了一個家，又有了一個女人。他的新家在哪裡？他是不是又換了新名字？他的父母應該比較清楚。

虞老師無法接受我們的分析，她向我們列舉她丈夫的一系列優點。她和我爭辯的時候，聲淚俱下。她只有每天痛苦並一天天垮掉。

那家私人偵探公司沒找到她丈夫。他們也不會退錢。但是他們獲取了她丈夫的一張照片，她丈夫站在一個荷花池邊上，靠著欄杆，眺望遠方。

這張照片攝於西湖，上面有攝影師的時間和地點自動生成碼。那也就是說，在照片上的這個時間，在那個地點，他還活著。

他在眺望遠方。他看到了遠方清江邊的妻子和孩子了嗎？

虞老師對著照片，含著眼淚對我們說，你們看，他會是一個壞人嗎？

好人和壞人，通過外表怎麼看呢？人的外表就像泥模和汽車玻璃，面對你的是一個世界，外面又是一個世界，這兩個世界不是相反的，也不是相同的。

我的兒子在長陽學會了騎自行車，他明白了一個離開地面的世界。他在自行車上面特別興奮，充滿了成功的喜悅。他的殘疾爺爺當初騎自行車，那可真是難。一般人用左腳踩

腳踏，右腿上車，但是殘疾爺爺左腿受傷，無法支撐，他只能用右腿。右腿踩踏起速本來就不方便，還要用殘疾左腿上車，更不方便。但是殘疾爺爺堅持訓練，他為學自行車摔過很多跤，受過很多傷，但是最終學會了。殘疾爺爺學會了自行車，他的世界也大了起來。如果沒有最行車，他的世界是一個生產隊，一個大隊，自行車一騎，殘疾爺爺的世界就是漢水河西的幾個鄉鎮。

我的兒子曾經在武漢漢陽一個開商鋪的人家寄養過。這個商鋪有一個奶奶兩個夫妻三個孩子，是湖北廣水地區的農民。這家人曾經收養過一個不會說話的孩子，據他們說後來在他家學會了說話，後來走失了。關鍵是走失之後，他們登報四處尋找。

他們尋找孩子的舉動被我當大學老師的弟弟發現了。我弟弟認為他們善良，並且有教育殘疾孩子的經驗。

我的兒子在那裡寄養了大半年。大半年裡，我們見證了一家農村人依靠體力和勤勞在城裡打拼的生活。他們開了一家食品鋪，賣餅乾和糕點，在附近的幾個小區裡，只要有人打電話要求送貨，哪怕有一分錢賺，他們都風雨無阻地送去。

但他們卻明顯地不知道該怎麼教育孩子。他們自己的三個孩子天天在地上爬，和幾十年前我們在鄉村一樣。對我的兒子這種病情，他們認為是啞巴，他們根本沒有聽說過這種病情。

再接下來到了十六歲，在孩子奶奶的提醒下，我們把孩子送到紫金鎮的黃醫生家裡寄養了一年多。在紫金鎮，他學會了倒開水和繫鞋帶，還有洗碗和擦屁股，還有自己洗澡。

現在，我兒子寄養在古城襄陽市的一家福利院。

在福利院裡寄養並尋找開口說話的途徑來源於一種靈感。在幾乎所有的辦法都使用過之後，我突然想到了老人。在老人成群的福利院，天天和老人相處，會不會有變化呢？

我的兒子到了十八歲的時候，住進福利院了。這個福利院有一個院子，有五六十個老人，還有幾個護士和殘疾人，有健身器材、花壇和陽光。

我兒子走進了另一個世界。

在這個世界裡，大部分人是遲鈍的，緩慢的。他們早上慢騰騰地起床，上午慢騰騰地挪到院子中間曬太陽，曬太陽的時候慢騰騰地聊天。時間對他們來說，又多又慢。相對於他們來說，我兒子是快速的。他如同這個緩慢池塘裡的快魚，四處穿梭。他剛到福利院不久就引發一陣騷動，因為他偷吃老人的東西。

我的兒子一到上午或者下午空閒的時候，他就成了一個將軍，在福利院的老人們房間裡四處巡邏，只要看見吃的，無論是麵包還是餅乾，他拿了就走。他仗著他比老人們跑得快，在這個緩慢的世界裡如魚得水。他拿了老人們的零食，老人們在後面追他，等追到院子裡，已經沒有用了，他要麼

把東西吃了，要麼已經撕破。

那段時間裡，我兒子成了福利院的公害。

我曾經買了一大堆食品到福利院裡去道歉，去還人情，但是等我去的時候，每個老人都哈哈笑，都誇他聰明懂事和聽話。我在福利院的院子裡看見他如同一隻猴子在老人群裡亂竄。

我看到了一個世界。

這個世界對治療孤獨症、對我兒子開口說話有沒有好處？我不知道。我還要等待時間來說明效果。

他在這個福利院跟一個年輕護士學會了寫阿拉伯數字。除了9寫得像鐵錘，其餘的還像。他還學會了簡單的繪畫，他居然畫了一朵荷花。

這個福利院有一個不能下樓的癱瘓老太太，她年輕的時候畫得一手好畫。我兒子在她畫的遮天蔽日的大荷葉面前呆立，他驚奇於這個世界。這個世界讓他緩慢，讓他自信，讓他覺得想抒情和表達。他能安靜得站住了，能觀察別人畫畫了，能自己動手畫畫了。

他畫了一朵荷花。這朵荷花的背後，是一個遙遠的世界。

六

有孩子的地方必有神靈。

大年三十，我在高速公路上的汽車裡打完孩子，我沒有辦法了，只有在心裡祈禱。誰能阻止我的兒子咬指頭？誰能讓他停止住，讓我們繼續前進？

我兒子咬指頭，由他咬去。

有孩子的地方必有神靈。

孩子的殘疾爺爺有這樣的體會，孩子的奶奶體會更深。

一九七二年冬天，殘疾爺爺挨整挨得最厲害、產生自殺念頭的時候，奶奶帶著九歲的殘疾大兒子翻山越嶺到水庫去看他，那時候奶奶的殘疾老大還沒有確診，奶奶只知道他會說些半拉子話，還在夢想有一天他長到門栓高，一下子完全會說話。

孩子給殘疾爺爺帶來了好運。上級很快給殘疾爺爺換了一個條件好一點的水庫，並且在新的水庫上不再讓殘疾爺爺幹重活，不再寫檢討，而是讓他刻鋼板，寫宣傳材料。這是一個小小的變化，但是這個小小的變化卻帶給殘疾爺爺極大的驚喜。他從這個變化裡面看出，以前那個姓付的幹部所說的不好好檢查會抓他去坐牢的話全是謊言，全是中間那些傳話的幹部們在利用機會整他，而不是上級真正的決定。

一九七六年冬，殘疾爺爺繼續挨整。他被下派到他教學單位附近的農場裡放羊子。有一天下冬雨，殘疾爺爺牽著一隻羊下坡，沒有站穩，摔倒受傷了。奶奶得知消息，安排二女兒和三兒子去看望他，這兩個孩子很快給殘疾爺爺帶來好

運，他恢復教學資格，繼續上課了。

　　一九七八年，殘疾爺爺在鎮中學繼續改造，幫忙刻鋼板。刻鋼板是當時條件下的一種印刷術，用尖筆把文件或試卷刻在蠟紙上，用油墨滾軸去手工推印。殘疾爺爺剛剛恢復教學不久，上面精神繼續搞運動，把原來問題沒搞清的人集中起來再次學習改造。

　　學習班上的人一個一個離開，最後只剩下殘疾爺爺一個人了。

　　殘疾爺爺為什麼一直說不清？

　　因為有一個叫宋大烈的人，一口咬定，說他親耳聽見殘疾爺爺說過他要反北京的領袖。上級領導本來不相信，因為殘疾爺爺成分好，歷史清白，他是一九四九年後的受益者，他憑什麼反對千里之外萬里之外的領袖？但是那個叫宋大烈的人在多年的調查中一口咬定，調查組反覆動員他都不行。

　　如何才能說清？

　　一直說不清。一拖再拖。

　　奶奶派三兒子和四兒子去看殘疾爺爺。奶奶得到了什麼啟示？反正每次爺爺在最困難的時候，只要孩子去看他，他馬上就有好運。

　　奶奶的三兒子四兒子去了之後，情況果然發生變化。

　　調查組有個姓王的組長，那時候還只是民辦老師，他偶然一次機會，在和已經調到老河口的一位女老師聊天，說到

這個嘴硬的宋大烈。女老師說到一個細節，某年某月在某地，這個宋大烈碰到她，說決定害一下殘疾爺爺。

王組長立即做了筆錄。

這個宋大烈為什麼要害殘疾爺爺？因為殘疾爺爺有個競爭對手叫葉崇某，他在背後指使。

王組長找到宋大烈，宋大烈繼續嘴硬。王組長說，你這個宋大烈，反領袖的話，別人沒說，你為了做假證，你天天說，那不是證明你在反領袖嗎？

宋大烈被嚇哭了。

事情終於搞清了。

殘疾爺爺不單單恢復了教學工作，還恢復了過去的領導職務。

九點鐘。整整九點鐘，轉機出現了。

警察來了。

警車停在高速公路對面，閃著紅燈。警車用話筒在喊，對面的，對面的，幹什麼在！

我已經沒有力氣回答我在幹什麼了。我在回家，我在開車，我在打孩子。

兩個警察翻越高速公路中間的欄杆過來。他們先查閱了我的身分證。估計是我的應急燈一直開著，他們從高速管理視頻上看到了。

兩個警察詢問了情況。

一個警察問，為什麼不讓孩子坐在後排？

我說我想過，但是他現在情緒不穩，不配合。

另一個警察繞到右邊副駕，把車門打開。

坐著咬指頭的孩子停下來。看見警車和警察的時候，他已經停止咬指頭了，不過指頭還在嘴裡含著。

警察牽著他下車，他跟著很緩慢地下車。

警察對他說，小朋友，我是警察。

警察的白色腰帶在黑夜裡很耀眼。

我兒子在外面站定了，他望著警察。他居然很配合。

我忽然明白了，我兒子認識警察，他對警徽警帽和白色腰帶的世界並不陌生。

我兒子第一在省城丟失的時候，曾經在派出所裡和警察待過一夜，那一夜不知道派出所為什麼和一一○警務平臺系統沒有聯繫上，沒有直接和孩子家長聯繫，第二天早上派出所把孩子直接送到兒童福利院去了。

我兒子第二次丟失，最後直接交到我們手裡的就是社區警察。當時一個個子很高的警察，正中午送他過來，邊吃午飯邊給我們講述找到他的過程。

孤獨症的孩子是不是都認識警察？在他們的世界裡面，有什麼樣的權力系統和保護系統？這個我不敢妄言。每一個世界裡都有其相應的系統，每一個系統裡面都有一個門衛，

都有其特有的開關。

有一次我在公園裡散步,看見一個奶奶教育孫子。她怎麼說呢?警察抓壞蛋。你如果當壞蛋,你就要被警察抓。

在孤獨症的世界裡,他們的警察系統也是這樣的嗎?

那麼,我兒子的三段論應該這麼說。

警察找我。

警察在我丟失的時候幫我找到爸爸。

現在警察又來了。警察又來幫助我了。

我想,這是我的兒子的警察世界。這個世界讓他安全,安寧,配合。

對於殘疾人來說,有一個這樣的世界多重要啊。

殘疾爺爺當年就沒有這樣一個安全的世界。

孩子的奶奶,她幾十年來一直說殘疾爺爺懦弱,沒有狼氣。殘疾爺爺怎麼懦弱呢?「文革」期間,他被批鬥了十二年,哪一級領導來讓他寫檢查,他都認認真真,戰戰兢兢。每轉移到一個地方,他寫的檢查材料都有幾尺厚。

你為什麼要寫?奶奶批評他,你沒有錯,為什麼要認錯?

但是殘疾爺爺害怕。

一九九二年把殘疾爺爺的家強行搬走的那個黃領導,殘疾爺爺也怕他。殘疾爺爺怕到什麼程度呢?黃領導扣他的工資,每個月扣四分之三;全校每個老師家裡都沒有安電表,黃領導給殘疾爺爺家裡安了電表,全校他只要殘疾爺爺一家

交電費；大家都住學校的平房，全校他只要殘疾爺爺一家交
房租，每間每月二十元；全校每家養雞子，他說殘疾爺爺家
裡養的幾個雞子吃了老師們菜地的菜，殘疾爺爺一開始把家
裡後面的牆鑿了個洞，讓幾個雞子從這個洞出入，後來乾脆
把幾個雞子送了人。

奶奶不怕那個黃領導，她敢吵架，她一吵架殘疾爺爺就
躲開。她就不依殘疾爺爺，都是一個人，他又沒多長一條胳
膊，你憑什麼怕他？

殘疾爺爺怕他那個世界裡一切權力系統。

我兒子卻不怕，他每次見到警察都笑。警察總是給他帶
來好運。

我兒子在警察的牽引下，打開後門，坐好，繫上安全帶，
關上車門。

馬上起大霧了，警察對我說。

還有更大的霧嗎，這霧還不是最大的嗎？我有些害怕。

你一直往前開，開慢一點，一直盯著中間的白線，警察
說，今天大年三十，你還這麼帶孩子跑，你不要命了嗎？

七

汽車重新啟動上路。

在大霧彌漫的夜間行車，是打遠光燈還是近光燈？這是

一個生命問題，不能隨便回答。我打了遠光燈，我差一點丟了命。

在那天的濃霧之中，霧燈不起作用，那麼大的霧讓汽車霧燈毫無價值，它無法穿透過於黏稠的霧。那濃密的霧，它們相互牽扯，它們相互血肉，它們相互掛念。它們是近鄰、同鄉、母語者；它們是兄弟、姐妹、同根者。想把濃霧分開是幼稚的，也是不可能的。

在濃霧之中開車打遠光燈，你仿佛漂在大海裡面的一艘船，一艘迷了航的船。四周的霧就是海水。船可能在海面上，而開車人卻在海中，在海底。

四周都是惡浪和海底的怪物。

孩子再次驚恐地尖叫。

能夠保命的辦法是打近光燈。燈打在車輪前面，不要十米八米，只要三米，實在不行就一米的距離。車燈照在高速公路中間的白線上，那是一條生命線。順著那條白線往前開，開到哪裡雲開霧散了，生命就得救了。

盯著白線往前開，最考驗的是人的眼力。不能分神。雙手緊緊護住方向盤。向前穿破濃霧，向前。沿著白線，直行，彎道，彎道，直行，前進。

兒子在後面叫。他的叫聲不像此前那麼尖銳。他想從後排到前排來。他把腦殼往前伸，探到前面看外面的濃霧和車燈。

聽話！

聽話，他跟著說。

你別動！

你別動，他又跟著含糊不清地說。

我兒子跟著我說話，這激發了我的靈感。在濃霧彌漫的大洪山區，孩子在後面不要有任何動作。我沒有時間和精力再管他，我不能分一點心。

霧比警察到來之前更濃更密更稠，血漿似的撕扯不開。汽車在大山大霧之中彎彎曲曲，向前向前。

陳正軒你好！

陳正軒你好！他說。

爸爸。

爸爸。

爸爸好。

爸爸好。

爺爺好。

爺爺好。

奶奶好。

奶奶好。

……

我不能停止說話。我一停止說話，他就會坐立不安。他就會探過頭來。那我就說吧。

媽媽好。媽媽好。叔叔好。叔叔好。阿姨好。阿姨好。
老師好。老師好。

還有誰能好？

對。警察好，警察好。警察叔叔好，警察叔叔好。

姐姐好，姐姐好。妹妹好，妹妹好。

哥哥好，哥哥好。弟弟好，弟弟好。

還有誰能好？

噢，對了。

汽車好，汽車好。公路好，公路好。方向盤好，方向
盤好。

還有誰能好？

衣服好，衣服好；帽子好，帽子好；扣子好，扣子好；
鞋帶好，鞋帶好……

還有誰能好？

公雞好，公雞好；母雞好，母雞好；小貓好，小貓好；
小狗好，小狗好……

我實在想不出來了。還有什麼能好？似乎都被我說光
了。我想不出來好詞了。

我忽然明白了一個道理，我們能問候的事物連接在一起
構成了我們的世界。那麼我們還可以繼續問候。好，兒子，
謝謝你，來吧，我們繼續開始。

大米好，大米好；白麵好，白麵好；紅薯好，紅薯好；

南瓜好，南瓜好；菠菜好，菠菜好；白菜好，白菜好；蘿蔔好，蘿蔔好……

黑豬好，黑豬好；白豬好，白豬好；鯉魚好，鯉魚好；鴨子好，鴨子好……

還有什麼？沒有了。

還有。

太陽好，太陽好；月亮好，月亮好；星星好，星星好……

這就是我這幾十年的世界。

我不知道更多星星的名字，我對長江和漢水之外的其他江河不熟悉，我不能也不敢去問候它們。

我對除了飛機之外的更多飛行物不熟悉，我對海洋裡的動物和海鮮食品不熟悉，我不能也不敢去問候它們。

我對黑土地裡面的礦物質、地下水、地下岩層不熟悉，我對地裡生活的動物不熟悉，我對地下的閻羅鬼怪不熟悉，我不能也不敢去問候他們。

我的親人，朋友，同學，同事，關係不好的人，討厭的人，仇人，這是我的周邊，這是我的世界。我們的朋友敵人仇人惡人，也是我們的世界。他們離我們這麼近。我們天天和他們相處。

我們口裡的詞彙，我們說的話，就是我們的世界。

我們要探索孤獨症孩子的世界邊界。我們的世界邊界現在是我們的語言，我們語言的範圍，但是往前追溯，我們語

言的範圍是我們的行為、交往、閱讀，是這些共同構成的。

我們不能莫名其妙地向一個不認識的人問好，向一個不熟悉的事物問好，我們能夠問好的就是我們的世界。

比如奶奶的殘疾大兒子和殘疾爺爺的世界，他們的邊界。

奶奶的殘疾大兒子只會騎自行車，他不會算數，不會使用錢，不會買票坐火車汽車，這注定了他的世界在一個縣境內。他很難將一輛自行車騎得更遠，因為他是一個殘疾人。他的世界大體上就是一個縣城大。

殘疾爺爺腿不行。他一生只到省城開過一次會。他在「文革」前獲過一次全省工會系統的獎項。為了領那次獎，殘疾爺爺從鄉鎮出發，坐車到縣裡，又坐車到市里，再坐車到省城。現在只要半天的路程，他當時走了一個星期。他清楚地記得當時的情景。他住在漢口的清芬路，在那裡公共澡堂裡洗了一個澡。大會還組織他們參觀了江漢關，在那裡觀看了百年鐘樓和漢口租界。

殘疾爺爺的主要世界在鄉鎮，一生到縣城不到五十次，到襄陽市區不足五次，到省城只有兩次——五十年代去過一次，兩千年後兒子又接他來一次。那麼，漢水西岸的幾個鄉鎮大體上這就是他的世界。

但是我們可以用我們的語言探索世界。

比如殘疾爺爺，他一生雖然基本上只在漢水西岸的幾個鄉鎮活動，但是他會讀書會教書。他當年在廟裡學習時打下

的古文底子，讓他以後有了自學的基礎，他會說話講古。講《三國演義》《水滸傳》《七俠五義》《岳飛傳》是他的專長，這讓他擁有了另一個世界。這個世界讓他工作順利，讓他贏得尊重。

在那個大年三十的夜間，在濃霧彌漫的途中，在我和兒子一直對話的過程中，我的大腦靈光屢現。我要和我的兒子繼續探索，我們探索他的世界，其實也在探索我自己的世界。

他有十年沒見媽媽了吧。他肯定想媽媽。媽媽，那個一直沒有撫養他的媽媽，肯定也是想念他的，她肯定是內疚的，不安的。她只是沒有經濟能力，她只是陷入到庸常人的世界裡了。那好，兒子，我們來問候媽媽吧。

媽媽好，我說。

媽媽好，他說。

我們繼續一人一句。

我愛媽媽。

我愛媽媽。

媽媽愛我。媽媽愛我。

媽媽在想我，媽媽在想我；我在想媽媽，我在想媽媽；媽媽夢見我了，媽媽夢見我了；我夢見媽媽了，我夢見媽媽了……

媽媽給我做飯，媽媽給我做飯；

我給媽媽做飯，我給媽媽做飯；

媽媽給我洗衣，媽媽給我洗衣；

我給媽媽洗衣，我給媽媽洗衣；

…………

還探索什麼？還說什麼？還有！那就繼續一人一句。

我要上學，我要上學；

媽媽我上學，媽媽我上學；

我當三好學生，我當三好學生；

我當班長，我當班長；

你要當班長？你要當班長？

我要當班長，我要當班長！

…………

還有嗎？還有！那還繼續一人一句。

我要談戀愛，我要談戀愛；

你要談戀愛？你要談戀愛？

我為啥不能戀愛？我為啥不能戀愛？

我要說媳婦，我要說媳婦；

哈哈你也說媳婦？哈哈你也說媳婦？

我憑啥不說媳婦？我憑啥不說媳婦？

你說媳婦嗎？你說媳婦嗎？

對呀我說媳婦，對呀我說媳婦；

我要娶老婆，我要娶老婆；

哈哈你也娶老婆？哈哈你也娶老婆？

我憑啥不娶老婆？我憑啥不娶老婆？

對呀我要娶老婆！對呀我要娶老婆！

…………

啊，啊，啊……

…………

兒子，繼續吧繼續吧。

我要有孩子，我要有孩子；

我要有會說話的孩子……

我要有──會說話的──孩子

……

八

進入隨州地界，情況突然出現轉機，大霧變得稀薄，天空中滲出了月亮的影子。

好了。

我的車速加快了。

濃霧就像我當年高考前的絕望，就像父親當年案子的絕望，說散開一下子就散開了。

在接兒子出發的時候，我得到一個信息，北京301醫院一個退休的著名中醫在做慈善，朋友們勸我帶兒子去看，我還在猶豫，現在衝出霧團，進入月光朗朗的路面之後，我下定

了決心，要帶兒子去看。

我的電話又響了。

我沒有去接，我的驚魂還未定。

電話一直響。

如果電話只響一次，幾次，我猜不出是誰在打，但是電話一直響，在這麼一個夜晚，一直不放棄我和孫子的，一定是孩子的奶奶。

因為今天是大年三十。

昌明文叢 A9900004

疼痛吧指頭：給我的孤獨症孩子

作 者	普 玄
插圖作者	祝羽辰
責任編輯	楊家瑜
發 行 人	林慶彰
總 經 理	梁錦興
總 編 輯	張晏瑞
編 輯 所	萬卷樓圖書(股)公司
排 版	林曉敏
封面設計	徐慧芳
印 刷	百通科技(股)公司

出 版 昌明文化有限公司
桃園市龜山區中原街 32 號
電話 (02)23216565

發 行 萬卷樓圖書(股)公司
臺北市羅斯福路二段 41 號 6 樓之 3
電話 (02)23216565
傳真 (02)23218698
電郵 SERVICE@WANJUAN.COM.TW
大陸經銷
廈門外圖臺灣書店有限公司
電郵 JKB188@188.COM

ISBN 978-986-496-577-9

2020 年 12 月初版二刷
2020 年 07 月初版一刷
定價：新臺幣 300 元

如何購買本書：
1. 劃撥購書，請透過以下帳號
   帳號：15624015
   戶名：萬卷樓圖書股份有限公司
2. 轉帳購書，請透過以下帳戶
   合作金庫銀行 古亭分行
   戶名：萬卷樓圖書股份有限公司
   帳號：0877717092596
3. 網路購書，請透過萬卷樓網站
   網址 WWW.WANJUAN.COM.TW
大量購書，請直接聯繫，將有專人
為您服務。(02)23216565 分機 610

如有缺頁、破損或裝訂錯誤，請寄
回更換

版權所有‧翻印必究
Copyright©2020 by WanJuanLou Books
CO., Ltd. All Right Reserved
Printed in Taiwan

國家圖書館出版品預行編目資料

疼痛吧指頭：給我的孤獨症孩子 / 普玄作. --
- 初版. -- 桃園市：昌明文化出版；臺北
市：萬卷樓發行, 2020.07
　　面；　公分. -- (昌明文叢；A9900004)
ISBN 978-986-496-577-9(平裝)

857.7　　　　　　　　　109008947

本著作物經長江文藝出版社有限責任公司，授權萬卷樓圖書股份有限公司出版、
發行中文繁體字版版權。